Bianca

D0834567

Casada con un príncipe
Maisey Yates

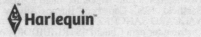

Editado por HARLEQUIN IBÉRICA, S.A.
Núñez de Balboa, 56
28001 Madrid

I.S.B.N.: 978-84-9000-411-1
Depósito legal: B-19803-2011
Editor responsable: Luis Pugni
Preimpresión y fotomecánica: M.T. Color & Diseño, S.L.
C/ Colquide, 6 portal 2 - 3º H. 28230 Las Rozas (Madrid)
Impresión en Black print CPI (Barcelona)
Fecha impresion para Argentina: 16.1.12
Distribuidor exclusivo para España: LOGISTA
Distribuidor para México: CODIPLYRSA
Distribuidores para Argentina: interior, BERTRAN, S.A.C. Vélez
Sársfield, 1950. Cap. Fed./ Buenos Aires y Gran Buenos Aires,
VACCARO SÁNCHEZ y Cía, S.A.
Distribuidor para Chile: DISTRIBUIDORA ALFA, S.A.

Capítulo 1

AY, POR favor, no te rebeles ahora –Alison Ritman se llevó una mano al estómago, intentando contener las náuseas que amenazaban con hacerla vomitar si no comía una galleta salada rápidamente. Las náuseas matinales eran un asco y aún peor cuando duraban todo el día. Y peor todavía cuando una estaba a punto de decirle a un hombre que iba a convertirse en padre.

Alison pisó el freno y respiró profundamente, casi aliviada al descubrir que algo interrumpía su camino. La verja de hierro que separaba la mansión del resto del mundo tenía un aspecto impenetrable. Ella no sabía mucho sobre aquel hombre, el padre de su hijo. En realidad sólo sabía su nombre, pero era evidente que, al menos económicamente, no estaba a su altura.

Contuvo el aliento al ver a un sujeto con gafas de sol y aspecto de guardia de seguridad frente a la verja. ¿Max Rossi era de la mafia o algo así? ¿Quién tenía guardias de seguridad en medio de ninguna parte, en el estado de Washington?

El guardia, porque tenía que serlo, salió por una

puertecita lateral y se acercó al coche con expresión seria.

–¿Se ha perdido, señorita? –le preguntó. Se mostraba amable, pero Alison notó que tenía una mano bajo la chaqueta.

–No, vengo a ver al señor Rossi y ésta es la dirección que me han dando.

–Lo siento, el señor Rossi no recibe visitas.

–Pero... yo soy Alison Whitman y me está esperando. Al menos, creo que me está esperando.

El guardia sacó un móvil del bolsillo y habló con alguien en un idioma extranjero... italiano, le pareció, antes de volverse hacia ella de nuevo.

–Entre, por favor. Y aparque frente a la casa.

Las puertas de hierro forjado se abrieron y Alison volvió a arrancar, su estómago protestando seriamente.

Ella no conocía a Max Rossi y no sabía si podría hacerle daño. Tal vez no lo había pensado bien al ir allí.

No, eso no era verdad. Lo había pensado muy bien, desde todos los ángulos, hasta estar segura de que debía ir a ver al padre de su hijo. Aunque le gustaría enterrar la cabeza en la arena y fingir que todo aquello no estaba pasando, esta vez no podía jugar al avestruz por mucho que quisiera hacerlo.

Aunque estaba parcialmente escondida entre los árboles, la casa era enorme y la intensidad del verde que la rodeaba era casi irreal gracias a las lluvias de ese año. Nada nuevo para una persona nacida en el noroeste, pero ver una mansión tan impresionante en medio de la naturaleza era una experiencia extraña para ella.

Por supuesto, todo en las últimas dos semanas había sido una experiencia extraña. Primero, el positivo de la prueba de embarazo y luego las revelaciones que siguieron a eso...

Alison aparcó su anciano coche frente a la casa y se dirigió al porche, esperando no vomitar. No sería precisamente la mejor manera de dar una buena impresión.

El guardia de seguridad apareció como de la nada, sujetándola firmemente del brazo mientras la llevaba a la puerta.

—Agradezco su ayuda, pero puedo ir sola.

Sonriendo, su escolta le soltó el brazo, aunque parecía dispuesto a agarrarla de nuevo al menor movimiento extraño.

—¿Señorita Whitman?

La voz, ronca y varonil con cierto acento extranjero, hizo que su estómago diese un vuelco, pero esta vez no por culpa de las náuseas. Aquélla era una sensación que no reconocía y no era del todo desagradable.

Pero ver al hombre que había hablado incrementó la extraña sensación. Alison lo observó mientras bajaba por la escalera, sus movimientos rápidos y masculinos.

Era el hombre más guapo que había visto nunca... aunque tampoco tenía mucho tiempo para admirar a los hombres. Aquél, sin embargo, exigía admiración. Era tan masculino, tan apuesto que seguramente hombres y mujeres volverían la cabeza a su paso. Y no sólo por sus atractivas facciones y físico perfecto, sino por cierto aire de autoridad. El poder que emanaba de él resultaba cautivador.

Alison lo observó, mientras intentaba recordar qué tenía que decirle: muy alto, moreno, de mandíbula cuadrada y ojos oscuros, impenetrables, rodeados por largas pestañas.

Le resultaba familiar, aunque no podía imaginar por qué. Por su bufete no solían pasar hombres tan apuestos.

–Sí, soy yo.

–¿Es usted de la clínica?

–Sí... no. No exactamente. No sé qué le habrá contado Melissa...

Melissa era una de sus mejores amigas y cuando se enteró del error que habían cometido en el laboratorio se puso en contacto con ella de inmediato.

–No mucho, sólo que era una cuestión urgente. Y espero que lo sea.

No por primera vez, Alison estuvo a punto de darse la vuelta. Pero ésa era la salida de los cobardes y ella no creía en dejar cables sueltos. Y, al contrario que otras personas, siempre cumplía con su deber.

–¿Podemos hablar de esto en privado? –le preguntó, mirando alrededor. Claro que la idea de estar a solas con un hombre al que no conocía de nada tampoco era demasiado apetecible. Había tomado clases de autodefensa y llevaba un espray de pimienta en el bolso, pero no le apetecía mucho tener que usarlo. Especialmente, sabiendo que nada de eso sería efectivo contra Max Rossi.

—No tengo mucho tiempo, señorita Whitman.

¿No tenía mucho tiempo? Como si ella tuviera todo el día, pensó Alison, enfadada. Tenía muchísimo trabajo y todos los casos que llevaba eran de vital importancia para sus representados, que no tenían a nadie que los ayudase.

—Le aseguro que mi tiempo también es valioso, señor Rossi, pero tengo que hablar con usted.

—Entonces, hable.

—Muy bien. Estoy embarazada.

Nada más decir la frase, Alison deseó poder retirarla.

—¿Y yo debo felicitarla? —le preguntó él.

—Es usted el padre.

Los ojos de Max Rossi se oscurecieron.

—Eso es totalmente imposible. Puede que usted no lleve la lista de sus amantes, señorita Whitman, pero yo no soy promiscuo y nunca olvido a las mías.

Alison notó que le ardían las mejillas.

—Hay otras maneras de concebir un hijo, como usted sabe muy bien. También yo soy cliente de la clínica en la que trabaja Melissa.

La expresión del hombre cambió por completo.

—Vamos a mi despacho.

Alison lo siguió por un pasillo que terminaba en

una pesada puerta de roble. El despacho era un sitio enorme, con techos muy altos y vigas vistas. Desde una de las paredes, enteramente de cristal, podía ver el jardín y el valle más abajo. Era precioso, pero la vista no resultaba demasiado consoladora en aquel momento.

–Hubo un error en la clínica –empezó a decir, mirando las montañas a lo lejos–. No pensaban contármelo, pero una de mis amigas trabaja en el laboratorio y pensó que tenía derecho a saberlo. Me inseminaron con su muestra por error.

–¿Cómo es posible? –preguntó él.

–No me dieron una explicación. Sólo que su muestra se mezcló con la del donante que yo había elegido porque sus apellidos son similares. El que yo buscaba era un tal señor Ross.

–¿Un tal señor Ross? ¿No es su marido o su novio?

–No tengo ni marido ni novio. Y todo debería haber sido anónimo, pero... –Alison respiró profundamente– no fue así.

–Y ahora que ha descubierto que el «donante» es un hombre rico ha venido a pedirme dinero.

Alison lo miró, perpleja.

–No, no es eso. Siento mucho haberlo molestado, de verdad. Imagino que no esperaría que la receptora de su muestra apareciera en su casa, pero tenía que saber si se había hecho pruebas genéticas antes de ir a la clínica.

–Yo no soy donante de esperma, señorita.

–Pero tiene que serlo. Melissa me dio su nombre... dijo que era su muestra la que me habían dado a mí por error.

Él se apoyó en el escritorio, como para controlar su impaciencia.

–Había una muestra de mi esperma en la clínica, pero no era para una donación anónima, sino para mi esposa. Teníamos problemas para concebir hijos.

–Ah, ya... –Alison no sabía qué hacer. Bueno, sí, en realidad querría salir corriendo. Había leído historias terribles en los periódicos sobre ese tipo de errores, pero aunque aquel hombre fuese el padre biológico, el niño seguía siendo suyo. Ella seguía siendo la madre y ningún juez le quitaría su hijo a una madre competente. Y la mujer de Max Rossi no querría un hijo que no fuera suyo.

–Yo soy portadora de fibrosis quística y los donantes son siempre testados para detectar desórdenes genéticos antes de ser aceptados. Pero sus resultados no estaban en el archivo –intentó explicar Alison–. Melissa sabía que yo estaba preocupada e intentó conseguir información sobre usted, pero no estaba en los archivos de la clínica ni en el laboratorio.

–Porque yo no soy donante de esperma.

–Pero el laboratorio tenía una muestra suya –insistió ella, angustiada.

Ver a su hermana sucumbir a la enfermedad cuando eran pequeñas había sido lo más terrible de su vida, el final de todo, de la familia, de la felicidad. Tenía que saber para poder prepararse para lo peor. No abortaría, pasara lo que pasara no haría eso. El recuerdo de su hermana, de su maravillosa y corta vida, era demasiado querido como para hacer eso. Pero necesitaba saber.

—No soy donante y, por lo tanto, no me han hecho ninguna prueba —insistió él.

Alison se dejó caer sobre una silla porque sus piernas no podían soportarla.

—Pues tiene que hacérsela. Por favor, necesito que se la haga.

Maximo examinó a la mujer que tenía delante, con el corazón acelerado. No había vuelto a pensar en la clínica de fertilidad en los últimos dos años, desde la muerte de Selena. Poco después del accidente recibió un mensaje de una empleada de Zoi-Labs para preguntar si podían descartar sus muestras de esperma, pero no había contestado porque en ese momento sencillamente no era capaz de lidiar con ello. No había imaginado que habría consecuencias...

Y ahora iba a ser padre. Era el momento más asombroso y más aterrador de su vida.

Entonces miró el estómago plano de Alison Whitman. Era imposible adivinar que estaba embarazada. De su hijo.

Resultaba tan fácil imaginar a un niño o una niña de pelo oscuro en sus brazos... y esa imagen hizo que sintiera una punzada en el pecho. Creía haber olvidado el deseo de ser padre, creía haber enterrado ese deseo junto con su mujer.

Pero en un momento todos esos sueños se habían vuelto posibles y en ese mismo instante había descubierto que su hijo podría tener serias complicaciones de salud. En un segundo había perdido el control de su vida. Todo lo que le había parecido esencial cinco minutos antes era insignificante ahora y lo que más le importaba estaba en el útero de aquella extraña.

Pero se haría la prueba, pensó, para descubrir lo antes posible si había alguna posibilidad de que el niño tuviese la enfermedad. Pensar en eso, tener algo a lo que agarrarse, hizo que la situación le pareciese más real, permitiéndole recuperar el control. Aunque también hacía más fácil creer que había un niño de verdad.

—Me haré la prueba de inmediato.

—Muy bien.

Aunque no había pensado volver a Turan de inmediato, aquello era muy importante. Pero tendría que ver a su médico personal en palacio, no se arriesgaría a que la prensa supiera nada del asunto. No, ya habían causado suficiente daño.

—¿Y qué piensa hacer si la prueba diera positivo?

Ella se miró las manos. Eran unas manos delicadas, femeninas, sin joyas ni laca de uñas. Resultaba muy fácil imaginar esas suaves manos sobre su cuerpo, lo pálidas que serían en contraste con su piel morena...

Max carraspeó, intentando ordenar sus pensamientos. Alison Whitman era una mujer muy guapa, eso no podía negarlo. Pero también mucho menos sofisticada que las mujeres a las que él estaba acostumbrado.

Apenas llevaba maquillaje y tenía una piel delicada, como de porcelana. Sus ojos eran casi del color del cobre y en sus carnosos labios no había una gota de carmín. Su pelo liso, de un tono rubio claro, caía por debajo de sus hombros y parecía suave al tacto, sin laca. Un hombre podría meter los dedos entre los suaves mechones para extenderlo sobre la almohada...

De nuevo, tuvo que contenerse. Llevaba demasiado tiempo sin una mujer si una completa extraña lo excitaba de ese modo. ¿Y cuándo una mujer lo había atraído de manera tan inmediata? Nunca, que él recordase. El sentimiento de culpa, normalmente ignorado después de vivir con él durante tanto tiempo, lo golpeó entonces con más fuerza y más insistencia de lo normal.

–Voy a tener a mi hijo pase lo que pase –dijo ella–. Pero necesito estar preparada.

Algo en su tono al decir «mi hijo», como si él no tuviera nada que ver, provocó un sentimiento posesivo tan intenso que borró el deseo que había sentido antes.

–El niño no es suyo, es de los dos.

–Pero su mujer y usted...

Max se dio cuenta entonces de que no sabía quién era. No le parecía posible, pero lo miraba como si fuera un extraño, alguien a quien no había visto en su vida.

–Mi mujer murió hace dos años.

Los exóticos ojos de color cobre se abrieron de par en par.

—Lo siento, no lo sabía. Melissa no me lo dijo... no me dijo nada más que su nombre.

—Normalmente, con eso es suficiente.

—Pero... ¿no creerá que voy a darle a mi hijo?

—Nuestro hijo —repitió él—. Es tan mío como suyo. Suponiendo que sea usted la madre y no otra mujer la que donó el material genético.

—Es hijo mío, fui inseminada artificialmente —Alison suspiró—. Era mi tercer intento, las dos primeras veces no salió bien.

—¿Y está segura de que fue mi esperma el que funcionó?

—Todas las muestras eran suyas. Cometieron el error hace meses, pero sólo se dieron cuenta la última vez.

Maximo sintió que su corazón se aceleraba mientras miraba sus labios. En ese momento, su único pensamiento era que le parecía una pena no haber concebido el niño por el método tradicional. Aquella mujer era increíblemente guapa, con una mezcla de fuerza y vulnerabilidad que lo atraía de una forma desconocida. Y tuvo que hacer un esfuerzo para olvidar esa oleada de deseo que lo desconcentraba.

—Si puede tener hijos de la manera normal, ¿por qué ha decidido tenerlo con una probeta?

Ella hizo una mueca.

—Qué comentario tan desagradable.

Tenía razón, pensó Maximo. Pero, sin saber por

qué, se veía empujado a atacar a aquella mujer que, en unos segundos, había puesto su mundo patas arriba. Allí estaba, ofreciéndole algo que él había tenido que descartar mucho tiempo atrás. Pero lo que le ofrecía era una versión retorcida y extraña del sueño que su mujer y él habían compartido.

—¿Es usted lesbiana?

Alison se puso colorada.

—No, no lo soy.

—¿Entonces por qué no ha esperado hasta casarse para tener un hijo?

—Porque no quiero casarme.

Max se fijó por primera vez en su atuendo. La belleza de su rostro había hecho que no se fijara en el traje de chaqueta oscuro. Evidentemente, era una mujer profesional que seguramente tendría una niñera para cuidar de su hijo mientras ella trabajaba. ¿Por qué quería tener un hijo entonces? Como accesorio, sin duda, un símbolo de todo lo que podía conseguir sin la ayuda de un hombre.

—No crea ni por un momento que va a criar al niño sin mí. Haremos una prueba de paternidad y, si es mi hijo, podría encontrarse con un marido, lo quiera o no.

Él no quería volver a casarse. Ni siquiera había sentido la inclinación de mantener relaciones desde que Selena murió, pero eso no alteraba la situación. Si aquel niño era hijo suyo de verdad, viviría en Turan con él, no en Estados Unidos.

No estaba dispuesto a aceptar que mirasen a su hijo como un bastardo, como un hijo ilegítimo incapaz de reclamar su herencia. Y sólo había una forma de remediar eso.

La expresión de total sorpresa en el rostro de Alison Whitman podría haber sido cómica si hubiera algo remotamente divertido en la situación.

–¿Acaba de pedirme en matrimonio?

–No exactamente.

–Pero yo no le conozco y usted no me conoce a mí.

–Vamos a tener un hijo –le recordó él.

–Pero eso no tiene nada que ver con el matrimonio.

–Es de sentido común casarse cuando se va a tener un hijo.

–Yo tengo intención de ser madre soltera. No estaba esperando que un príncipe azul me ofreciese matrimonio. Esto no es un plan B mientras espero al hombre de mi vida, el niño es mi único plan.

–Y estoy seguro de que las asociaciones feministas aplauden su decisión, señorita Whitman, pero ya no es usted la única persona involucrada en este embarazo. Yo también lo estoy. De hecho, usted misma ha decidido involucrarme.

–Sólo porque necesito saber si es usted portador de fibrosis quística.

–¿No podría haberle hecho pruebas al niño?

–Quiero saberlo antes de que nazca –respondió Alison–. Es algo que requiere una gran preparación emocional... se podrían hacer pruebas dentro del útero, pero no suelen hacerse a menos que los dos padres sean portadores de la enfermedad. Además, esas pruebas siempre conllevan un riesgo para el feto y no estaba dispuesta a hacerlo sin hablar con usted.

—O tal vez su postura feminista es simplemente eso, una postura.

Ella lo miró, perpleja por la grosería.

—¿Cómo?

—Dice que tiene una amiga en la clínica y yo soy un hombre muy rico. Tal vez no haya recibido mi esperma por accidente. ¿Cómo es posible que haya estado allí dos años y, de repente, lo hayan confundido con el de un donante?

¿Habría quedado embarazada a propósito para conseguir dinero?, se preguntó. La gente hacía cosas peores por menos de lo que él podía ofrecer.

—No sé cómo ocurrió el error, yo no soy responsable de eso. Sólo sé que ocurrió —replicó ella—. Y no sea tan engreído como para pensar que yo haría algo así por dinero. De hecho, ni siquiera sé quién es usted.

Max soltó una carcajada, divertido por tan sincera réplica.

—Me parece extraño que una mujer educada y bien informada no sepa quién soy. A menos que no sea usted ninguna de esas cosas.

Alison lo fulminó con la mirada.

—¿Ahora mide mi intelecto dependiendo de que sepa quién es usted? Tiene un ego del tamaño de una catedral, señor mío.

—A riesgo de confirmar su opinión sobre mi ego,

señorita Whitman, debo decirle que mi título oficial es el de príncipe. Soy Maximo Rossi, el heredero del trono de Turan. Y si el hijo que espera es mío, él o ella será mi heredero, el futuro gobernante de mi país.

Capítulo 2

DE REPENTE, quedó horriblemente claro por qué su rostro le resultaba familiar. Lo había visto antes, en las noticias, en las revistas. Su mujer y él habían sido favoritos de la prensa durante mucho tiempo. Eran una pareja aristocrática, guapísimos los dos y, por lo que decían, muy felices. Pero dos años antes habían salido en las noticias por una tragedia: la muerte de su esposa.

Alison se alegraba de estar sentada o habría caído al suelo.

—¿Se encuentra bien? —le preguntó él, inclinándose para poner una mano en su frente. Su piel era cálida y la hizo sentir una especie de cosquilleo.

—Sí... no, la verdad es que no.

—Baje la cabeza.

Maximo Rossi empujó suavemente su cabeza para colocarla entre sus rodillas. Había pasado mucho tiempo desde la última vez que un hombre la tocó. Había estrechado la mano de muchos, por supuesto, pero no recordaba la última vez que alguien la había tocado con la intención de consolarla. Y era muy agradable.

Pero el roce estaba provocando otras sensaciones desconocidas para ella. Era asombroso que las manos de un hombre pudieran ser tan suaves y, a la vez, tan firmes y masculinas. Entonces miró la otra mano, sobre su pierna. Era tan distinta a la suya: grande, morena, de dedos largos y uñas cuadradas.

Podía sentir el calor de esa mano atravesando la tela del pantalón y se quedó sorprendida por lo estimulante que le parecía. Y algo más que eso; algo que hacía que sintiera un cosquilleo en el pecho. Siempre había pensado que ella era la clase de persona que no respondía a las caricias, que no era muy sexual, y nunca le había preocupado. De hecho, había sido más bien un alivio. Nunca había querido tener una relación, nunca había querido abrirle su corazón a un hombre porque no quería depender de nadie.

Su reacción era debida a las hormonas del embarazo. Tenía que ser así, no había otra explicación para que una parte de ella que había ignorado durante tanto tiempo de repente despertase a la vida.

—Estoy bien —le dijo, con voz estrangulada. Pero cuando puso una mano sobre la suya para apartarla, sintió un escalofrío que la hizo levantarse de inmediato—. Gracias, pero ya estoy bien.

—¿Seguro que está lo bastante sana como para soportar un embarazo?

—Estoy perfectamente. Pero no todos los días se entera una de que va a tener un hijo con un príncipe.

Maximo pensó que era imposible que hubiera

fingido esa palidez, por muy buena actriz que fuera. Después de ver esa expresión de total sorpresa en su rostro no podía creer que hubiese orquestado nada. Parecía un cervatillo acosado.

–Y no todos los días un hombre recibe la noticia de que va a ser padre.

–Entonces, quiere el niño.

–Pues claro que lo quiero. ¿Cómo no iba a querer a mi propio hijo?

–Si lo que quiere es un heredero, ¿no podría encontrar a otra mujer que...?

–¿Eso es lo que cree? –la interrumpió él–. ¿Cree que sería tan sencillo para mí olvidar que he traído un hijo al mundo? ¿Que podría abandonar a mi propia sangre porque haya sido un embarazo no planeado? ¿Usted podría hacerlo?

–No, claro que no.

–¿Entonces por qué espera que lo haga yo? Si es tan sencillo, tenga a ese niño y démelo a mí. Y luego tenga otro hijo con la contribución de otro hombre.

–No tengo la menor intención de hacer eso.

–Entonces no espere que lo haga yo.

–Eso... –Alison se dejó caer sobre la silla de nuevo, enterrando la cara entre las manos–. Esto es imposible.

–Las cosas cambian, la gente muere. Lo único que se puede hacer es seguir adelante y aprovechar lo que te ofrezca la vida.

Ella lo miró, con lágrimas de frustración en los ojos.

–Yo no quiero compartir a mi hijo con un extraño. No quiero compartir a mi hijo con nadie. Si eso me convierte en una egoísta, lo siento.

–Y yo siento no poder dejarla ir con mi hijo.

–No he dicho que vaya a marcharme –replicó Alison–. Entiendo que esto también es difícil para usted, pero no entraba en sus planes tener un hijo.

–Estuve años planeando tener un hijo, pero no pude tenerlo. Primero debido a un problema de infertilidad y luego... perdí a mi mujer. Y ahora que tengo la oportunidad de ser padre, no permitiré que nada se ponga en mi camino.

No podía perderla de vista, eso estaba claro. Aunque no estaba seguro de lo que haría después. Casarse le parecía la opción más lógica, la única manera de evitar que su hijo o hija sufriera el estigma de la ilegitimidad. Y, sin embargo, la idea del matrimonio lo angustiaba.

–Tengo que volver a Turan para ver a mi médico personal. No pienso hacerme las pruebas en Estados Unidos.

–¿Por qué? –preguntó ella–. Hicieron el tratamiento de fertilidad aquí.

Sí, así había sido. Selena había crecido en la Costa Oeste de Estados Unidos y siempre habían mantenido aquella residencia de vacaciones a las afueras de Seattle. Era el sitio al que iban cuando necesitaban descansar de la estresada vida pública en Turan y por eso habían elegido la clínica allí, para hacer realidad su sueño de formar una familia.

Además, era un sitio muy agradable donde los dos se sentían a gusto y podían relajarse.

–Mi confianza en la competencia del sistema médico norteamericano ha disminuido mucho en los últimos cuarenta minutos... por evidentes razones. Mi médico en Turan será rápido y discreto.

–¿Y cuándo cree que podrán hacerle las pruebas?

–En cuanto llegue a Turan. La salud de mi hijo también es importante para mí.

De repente, ella lo miró con una expresión tan triste que Max sintió el deseo de abrazarla. Y ese repentino y fiero deseo de consolarla lo sorprendió. ¿Era porque estaba embarazada de su hijo? Tenía que ser eso, no había otra explicación. La vida de su hijo lo había atado a ella y eso lo atraía como hombre, como protector, a un nivel primario.

La propia Alison lo atraía a un nivel más básico. ¿Sería el instinto masculino de reclamar lo que parecía ser suyo?, se preguntó. El deseo de apretarla contra su pecho y besarla hasta que sus labios estuvieran hinchados, unir sus cuerpos de la forma más íntima posible, era tan fuerte que amenazaba con hacer que perdiese el control.

–Estoy pensando tomar medidas legales contra la clínica –dijo ella–. Soy abogada y estoy segura de que ganaría el caso.

–Yo también estoy seguro, pero la prensa lo pasaría en grande.

El circo mediático sería horrible. Montones de titulares escandalosos para un mundo que adoraba los escándalos... los problemas de fertilidad de su mujer, los problemas en su matrimonio todo bajo los focos de nuevo.

No, eso era lo último que quería, por Selena y por él mismo. Algunas cosas era mejor dejarlas enterradas, los últimos meses de su matrimonio entre ellas.

—La verdad es que no le había reconocido. No suelo leer revistas ni ver la televisión, pero sé que los periodistas lo persiguen...

—¿Y tampoco había reconocido mi nombre?

Alison se encogió de hombros.

—Tengo muy poco espacio en la cabeza para temas triviales. Leo esas cosas y se me olvidan enseguida.

A su pesar, Max tuvo que sonreír. Le gustaba que fuera capaz de hablar con tal sinceridad. Ni siquiera Selena hacía eso. No, Selena sencillamente se apartó de él.

Tal vez si se hubiera mostrado furiosa en lugar de guardárselo todo dentro...

Pero ya era demasiado tarde y Max decidió olvidarse de Selena para concentrarse en el problema que tenía entre manos.

—Me gustaría que fuese a Turan conmigo.

—No puedo, estoy muy ocupada. Mis clientes son muy importantes para mí y no puedo decepcionarlos.

—¿No hay nadie más en el bufete que pueda ocuparse de ellos? Después de todo, está embarazada.

—Mis responsabilidades no van a tomarse unas vacaciones porque me las tome yo.

–¿Tan importante es su carrera que no puede tomarse unos días libres para comprobar el resultado de las pruebas en persona? Yo diría que es algo muy importante para el niño.

Ella irguió los hombros y levantó la barbilla en un gesto orgulloso.

–Eso es un chantaje emocional.

–Y si no funciona, usaré otro tipo de chantaje –replicó Maximo–. No me importa reconocerlo.

Alison frunció los labios, molesta. Pero Max querría verla relajada... de hecho, le gustaría disfrutar de esos labios jugosos y de la tentación que representaban. Había pasado tanto tiempo desde la última vez que se sintió tentado por una mujer que estaba disfrutando como nunca.

Sin pensar, rozó sus labios con el pulgar y ella los abrió, sorprendida. Aunque no tanto como él al sentir un cosquilleo desde el pulgar a la entrepierna.

Deseaba a aquella mujer con una intensidad que lo sorprendía. Y no estaba seguro de que el embarazo tuviera algo que ver con eso. La deseaba como un hombre deseaba a una mujer, así de sencillo.

De repente, sintió un vacío en el dedo anular, aunque era extraño ser consciente de algo así. Se había quitado la alianza durante el funeral de Selena para no llevar ningún recordatorio de su matrimonio...

–Tenemos que encontrar una solución, por el niño. Y eso significa un compromiso, no un chantaje.

—Ya, pero tengo la impresión de que es el plebeyo quien tendrá que ceder.

Max sonrió.

—No me juzgue mal, *cara*. Soy un hombre muy razonable.

—Tendré que entrevistar a los confinados en las mazmorras del castillo de Turan para saber si eso es verdad —replicó Alison, irónica.

—No pueden hablar, así que las entrevistas serían muy cortas.

Cuando la vio sonreír, Max se sintió absurdamente orgulloso.

—Muy bien, de acuerdo. Llamaré a la oficina para ver si puedo tomarme unos días libres —cedió ella por fin, apartándose el pelo de los hombros.

—Estupendo, Alison —dijo él, tuteándola por primera vez.

—¿Cuándo nos vamos... Maximo?

Alison lamentó su decisión casi inmediatamente, pero por muchas vueltas que le diera, por muchas salidas que buscase, no encontraba ninguna.

En el aeropuerto, mientras esperaba que llegase el príncipe de Turan, intentó calmar sus nervios y sus náuseas comiendo una galletita salada y paseando de un lado a otro por la sala de primera clase. Había varios sofás, pero estaba demasiado nerviosa como para sentarse.

¿Por qué se había complicado todo de esa manera? Durante los últimos tres años no había hecho más que planear su embarazo, ahorrando de manera compulsiva... ni siquiera había cambiado de coche aunque debería haberlo hecho y vivía en un apartamento modesto con la esperanza de poder comprar algún día una casa para su hijo. Había dejado su estresante trabajo en un prestigioso bufete con objeto de estar descansada para el embarazo e incluso tenía una cuenta corriente aparte para la universidad del niño.

Y una sola llamada de teléfono había aniquilado todo eso.

Cuando Melissa lanzó la bomba sobre el error en la muestra de esperma, todo se había roto en mil pedazos.

No había querido saber nada del padre más que estaba sano y, sobre todo, no había querido involucrarlo en absoluto. De modo que aquello era lo peor que podría haber pasado.

Maximo no se había portado mal el día anterior, pero Alison intuía en él a un hombre implacable. Incluso cuando estaba siendo amable, cada vez que hablaba daba una orden. Era alguien que no pedía permiso para nada.

Se mostraba agradable por el momento, tal vez porque creía tener más cartas en la mano debido a su posición y su dinero. Pero ella no era tonta.

Por el momento, estaba dispuesta a llegar a un acuerdo. Al fin y al cabo, Maximo tenía derechos, le gustase o no la idea de una custodia compartida. Él era tan víctima de las circunstancias como lo era ella. Y en cualquier caso, por mucho que ella quisiera que desapareciese de su vida o no haberle contado que estaba embarazada, ya no podía echarse atrás.

Alison miró por el ventanal, desde el que se veía la entrada de la terminal, y a continuación apareció Maximo seguido de su personal de seguridad y de varios fotógrafos. A pesar del séquito que llevaba, todos los ojos estaban clavados en él. Era tan alto y tan fuerte como sus guardias de seguridad, su torso ancho y musculoso, los pectorales marcados bajo la inmaculada camisa blanca.

Desapareció de su vista durante unos segundos para reaparecer después en la sala VIP, sin los fotógrafos y sin los guardias de seguridad.

Y Alison no pudo evitar mirarlo de arriba abajo. El elegante pantalón destacaba unas piernas como columnas y, sin darse cuenta, se fijó en el bulto bajo la cremallera...

Pero enseguida apartó la mirada, avergonzada. No recordaba haber mirado así a un hombre en toda su vida. Intentaba decirse a sí misma que eran los nervios, pero no podía convencerse del todo.

Maximo se quitó las gafas de sol y las guardó en el bolsillo de la chaqueta. Y, de nuevo, los ojos de Alison siguieron el movimiento, como transfigurada por el suave vello oscuro que asomaba por el cuello de la camisa.

—Me alegro de que hayas venido —dijo él, a modo de saludo.

No parecía afectado en absoluto por los fotógrafos que lo perseguían. Era un hombre increíblemente seguro de sí mismo, pensó Alison.

–Dije que estaría aquí y yo siempre cumplo mi palabra.

–Me alegra saber eso. ¿Te encuentras bien? –Maximo tomó su brazo, el gesto totalmente amistoso... o tal vez posesivo pero no sensual. Era mucho más alto que ella, mucho más fuerte, y había algo en su fuerza que le resultaba muy atractivo. Sería tan fácil apoyarse en él y dejar que le quitase aquel peso de los hombros...

Pero en el momento que hiciera eso estaba segura de que la abandonaría.

Alison intentó ignorar el cosquilleo que sentía en el estómago y que no tenía nada que ver con las náuseas matinales.

–En realidad, me siento fatal, pero gracias por preguntar.

–No tenemos que pasar por los trámites habituales, mi avión está esperándonos en la pista.

–Muy bien.

–Uno de mis agentes de seguridad te escoltará, pero me reuniré contigo en un momento. Es mejor que no nos hagan fotos juntos.

Ella asintió con la cabeza. Imaginar una fotografía suya, pálida y asustada, en todas las revistas le daba pánico.

Uno de sus guardaespaldas se acercó entonces y Maximo le hizo un gesto para que lo siguiera. Alison, con la cabeza inclinada, salió a la pista y se dirigió al avión privado, cuyo interior parecía más un lujoso apartamento que un modo de transporte. Pero había estado en la casa de Maximo y había visto el estilo de vida al que estaba acostumbrado. Al fin y al cabo, era el príncipe de un país que se había convertido en un destino de vacaciones que rivalizaba con Mónaco.

El guardaespaldas salió sin decir nada y, diez minutos después, Maximo se reunió con ella.

–Había un fotógrafo en la pista, pero como no hemos subido juntos espero que te haya tomado por un miembro de mi equipo.

–Eso espero yo también. ¿Vamos a viajar solos?

–Con el piloto y la tripulación.

–Pero es un avión muy grande para dos personas solas. Me parece una exageración.

–*Scusi*?

–Podríamos haber ido en un avión comercial, esto es malgastar combustible.

Maximo sonrió, mostrando unos dientes perfectos. La sonrisa transformaba su rostro, suavizando los ángulos y haciendo que pareciese más cercano.

–Cuando el presidente de Estados Unidos deje de volar en el Air Force 1, tal vez también yo utilice otro medio de transporte. Hasta entonces, creo que es aceptable que el líder de un país viaje en avión privado.

–Bueno, imagino que será difícil pasar por la aduana con esos lingotes de oro en el bolsillo –bromeó Alison.

–No me digas que eres una esnob –dijo él, burlón.

—¿Por qué soy una esnob?

—Una esnob a la inversa.

—No, en absoluto —dijo ella, apartándose.

Había algo en Maximo que le encogía el estómago y la ponía nerviosa. No era miedo, pero resultaba aterrador.

Ella nunca había querido tener una relación sentimental. Nunca había querido depender de nadie, abrirle su corazón a una persona que pudiese abandonarla. Había pasado por eso demasiadas veces en su vida... primero, al perder a su hermana. Sabía que no podía culpar a Kimberly por haber muerto, pero el dolor había sido tan profundo, tan abrumador, que su pérdida fue como una traición para ella. Y luego su padre, que las había abandonado...

En cuanto a su madre, no la había dejado físicamente, pero la persona que era antes de la muerte de Kimberly y del abandono de su marido había desaparecido por completo.

De modo que había aprendido a ser autosuficiente. Y nunca había querido depender de otra persona ni necesitarla.

Pero sí quería ser madre y, por esas cosas de la vida, ahora tenía que contar con Maximo. Había estado segura de que nada podría ir mal, pero su idílica visión del futuro con su hijo empezaba a escapársele de las manos.

Su hijo tenía un padre, no un donante anónimo de material genético. Y el padre de su hijo era un príncipe cuya arrogancia no tenía rival y cuyo atractivo la afectaba de una forma que no quería analizar.

–Pareces tener una opinión sobre todo –dijo él, indicándole que se sentara en uno de los sofás.

–Soy abogada, necesito tener una opinión y un punto de vista para defender a mis representados. Es parte de mi trabajo.

Max sonrió. No era como las mujeres a las que él estaba acostumbrado. Algunos hombres podrían verse amenazados por una mujer tan inteligente como Alison, pero él disfrutaba del reto. Y ayudaba mucho saber que tenía ventaja sobre ella. Ahora que estaban en el avión con destino a Turan, el balance de poder estaba completamente a su favor.

No era su plan obligar a Alison a hacer nada, al contrario, pensaba hacerle una oferta que no pudiese rechazar. Estaba seguro de que defendería a su hijo con su vida si tenía que hacerlo, pero él haría lo mismo. Y no iba a dejar que desapareciera del mapa.

Era algo extraño para Maximo que una mujer se resistiera a la idea de casarse con él... no porque fuese engreído, sino pragmático. Para empezar, algún día sería el rey de su país y, además de la corona, recibiría una herencia de cientos de millones que se unirían a su fortuna personal. Su cadena de hoteles de lujo y casinos era muy popular entre los ricos y famosos, de modo que para muchas mujeres casarse con él sería como encontrar el Santo Grial, la puerta de entrada a un mundo de riquezas con las que la mayoría de la gente sólo podía soñar. Y, sin embargo, la señorita Whitman actuaba como si estar embarazada de su hijo fuera el equivalente a una sentencia a cadena perpetua.

–¿Y tu trabajo es muy importante para ti? –le preguntó.

–Sí, claro. Soy abogado y me dedico a llevar casos de interés público, trabajo con niños. Mi bufete hace trabajo *pro bono* con fondos del gobierno. El sueldo no es demasiado bueno, pero trabajé durante un tiempo en un bufete importante y descubrí que llevar los divorcios de los ricos no era lo que quería hacer. Por supuesto, había otros casos, pero yo era una de las más jóvenes del bufete.

Eso no pegaba nada con la imagen que Maximo se había hecho de ella. La veía como una abogada agresiva, dispuesta a llegar a lo más alto. Su rápido intelecto combinado con su belleza podían ser un arma letal en los Juzgados.

–Es lo que he estado haciendo durante el último año. Quería hacer algo por la sociedad y sabía que, si iba a tener un hijo, no podría trabajar catorce horas diarias.

–¿Entonces por qué estudiaste Derecho?

Alison se encogió de hombros.

–Era una carrera que me gustaba y se me da bien. Además, lo que hago ahora me gusta muchísimo. Yo hablo por los niños, para que no tengan que sentarse frente a un juez. No voy a dejar que los que han abusado de ellos vuelvan a convertirlos en víctimas obligándolos a repetir lo que sufrieron. Soy abogado, pero a veces no hay nadie a quien odie más que a otros abogados.

La pasión que sentía por su trabajo, su vocación, era evidente. La mujer que esperaba un hijo suyo había hecho de defender a los niños su carrera. ¿Podría haber elegido a alguien mejor? En lugar de una persona fría, ahora veía a una mujer dispuesta a defender a los más débiles y eso cimentó lo que había estado pensando.

El matrimonio no estaba en su agenda. Ya había estado casado y había amado a su mujer, pero ni siquiera el amor y el respeto los habían hecho felices al final. Él no había sabido resolver los problemas de Selena y su mujer había pasado los últimos meses de su vida sola. Y eso era algo que tendría que llevar sobre su conciencia toda la vida.

Pero Alison estaba esperando un hijo suyo y su sentido del deber exigía que hiciera lo que debía hacer. El niño no había sido concebido de la forma habitual, pero se sentía tan responsable como si así hubiera sido.

Y la atracción que sentía por ella era un extra. No había pensado portarse como un monje durante el resto de su vida, pero tampoco le había apetecido buscar otras relaciones. Había estado casado durante siete años y habían pasado más de nueve desde que estuvo con una mujer que no fuera su esposa. No tenía amigas y, a los treinta y seis años, se sentía demasiado viejo como para volver al mundo de las citas.

En ese sentido, casarse con Alison sería beneficioso para todos. La atracción que sentía por ella lo sorprendía, pero podía atribuirla al tiempo que llevaba solo. Los hombres sólo podían negar sus necesidades sexuales durante cierto tiempo y no le sorprendía demasiado que su libido hubiera despertado del letargo con tal ansia.

La hermosa seductora que tenía delante, con su piel de porcelana y su esbelta figura, era totalmente diferente a su mujer. Selena había sido muy alta y delgada, de curvas suaves. Sin embargo, podría apoyar la barbilla sobre la cabeza de Alison y sus curvas... sus curvas serían excitantes para cualquier hombre. El deseo era tan fuerte que tuvo que cruzar las piernas para disimular su reacción. No quería que lo pillara como un adolescente incapaz de controlarse.

—¿Entonces te gustan los niños?

—Sí, mucho —respondió ella—. Siempre he querido ser madre.

—¿Pero no esposa?

Alison se encogió de hombros.

—Las relaciones son complicadas.

—También lo es la paternidad.

—Sí, pero es diferente. Un niño viene al mundo queriéndote y depende de ti que lo siga haciendo el resto de su vida. Con las relaciones sentimentales, con el matrimonio, uno depende de otra persona.

—¿Y eso te parece mal?

—No, sencillamente no me interesa. Requiere una confianza en el ser humano que yo no tengo.

Maximo no podía negar la verdad de sus palabras. Selena había dependido de él y él le había fallado.

—¿Entonces has decidido ser madre soltera en lugar de tener una relación?

Alison arrugó el ceño, frunciendo los labios en un gesto muy seductor.

—Mi objetivo no era ser madre soltera, sino ser madre. Sencillamente, estaba intentando conseguir lo que quería.

—Y esto complica las cosas para ti.

—Desde luego.

—¿Tan malo es que el niño tenga un padre y una madre?

Alison giró la cabeza para mirar por la ventanilla.

—No lo sé, Maximo. No creo que pueda lidiar con tantas cosas a la vez. ¿Podemos esperar el resultado de la prueba y hablar de ello más tarde?

Él asintió con la cabeza.

—Si eso es lo que quieres... pero tenemos que discutir el asunto.

—Lo sé.

—No es lo que tú habías planeado, lo entiendo. Tampoco yo había planeado nada de esto.

Alison sabía que no se refería al embarazo, sino a la muerte de su esposa. Y podía imaginar el vacío que había dejado en su vida.

Pero no quería sentir compasión por él. Aquella atracción la asustaba y añadir cualquier otra emoción era buscarse problemas.

El amor romántico nunca le había atraído y tampoco las relaciones íntimas. Ella había visto los resultados del final de ese amor romántico en su casa, había visto cómo sus padres se destruían el uno al otro. Su padre se había marchado para no volver más y su madre sencillamente se había apartado de todo, dejando que Alison se defendiera por sí misma.

Cuando su padre las abandonó perdieron su casa y personas a las que su madre consideraba amigas les habían dado la espalda. Alison no quería encontrarse nunca en esa posición, no quería poner su vida en manos de otra persona. Esa experiencia le había enseñado que debía cuidar de sí misma, buscar su propia seguridad, su propia felicidad.

Y por eso había intentado controlar su vida con mano de hierro; desde sus estudios a su carrera o al momento en el que quedaría embarazada.

Pero todo eso parecía risible cuando se dirigía a un país extraño con un príncipe guapísimo que, además, era el padre de su hijo.

Capítulo 3

CUANDO vio Turan desde el cielo, Alison se quedó sin aliento. La isla, con sus playas de arena blanca, era una joya en medio del Mediterráneo. Y, situado sobre un acantilado, había un enorme edificio de piedra que parecía dorado a la luz de la tarde.

–Es precioso.

Precioso y salvaje, pensó. Como su dueño. A pesar de la sofisticación de Maximo, en él había algo crudo y casi primitivo que la atraía a un nivel primario. Algo que no había sentido nunca hasta que lo vio bajando la escalera de su casa.

El vuelo había sido tenso, al menos para ella. No porque no le gustasen los hombres o no hubiera sentido deseo sexual alguna vez, claro que sí. Sencillamente, no lo había llevado a la práctica. La idea la hacía sentir como si estuviera al borde de un ataque de ansiedad. La intimidad sexual, abrirse a alguien de esa manera, exponerse y posiblemente perder el control, la aterraba. Y, sin embargo, algo en Maximo despertaba una curiosidad que le hacía olvidar el sentido común.

–Gracias –dijo él–. Yo creo que Turan es uno de los sitios más bonitos de la Tierra.

El avión empezó a descender, sobrevolando un valle donde pastaba libremente el ganado.

–¿Hay industria ganadera en Turan?

–No es la más importante del país, pero el ganado es muy apreciado en los mercados europeos porque se alimenta de manera natural... ganadería orgánica lo llaman ahora. Por supuesto, siendo una isla, el pescado es la industria primordial para la mayoría de la población.

Ella asintió con la cabeza.

–¿Cuáles son tus obligaciones como príncipe?

–Soy algo así como un ministro de exteriores. En los últimos cinco años, he conseguido aumentar el turismo casi un cincuenta por ciento. Con los nuevos casinos de lujo y las reformas de algunos de los pueblecitos históricos, Turan se ha convertido en un destino de vacaciones muy popular para los ricos.

Alison arqueó una ceja.

–De modo que eres más un hombre de negocios que un príncipe.

–Se pueden ser las dos cosas. Tal vez en otra vida hubiera sido empresario, pero en ésta me limito a cumplir con mis obligaciones. Tengo negocios privados, pero el deber hacia mi país es lo que más me importa. Me educaron para pensar que el deber era lo primero, antes que yo mismo.

El deber era lo primero. ¿Significaba eso que ella tenía el deber de darle un padre a su hijo? Alison habría dado cualquier cosa por haber tenido un padre que la quisiera, que la protegiese. ¿Tenía derecho a robarle eso a su hijo? Especialmente, un padre que podría darle todo lo que ella hubiese querido.

El avión aterrizó y, mientras bajaron por la escalerilla, Maximo la tomó del brazo pero manteniéndose a cierta distancia y a Alison le pareció bien. Seguía turbada por el extraño efecto que ejercía en su equilibrio. Era como si su autocontrol se hubiera ido de vacaciones y su cuerpo estuviera buscando cosas que nunca antes le habían parecido importantes.

Sí, mejor eso que tocarla como lo había hecho en su casa. Aún recordaba el escalofrío que sintió cuando pasó el pulgar por sus labios y no quería volver a sentir algo así.

En la pista los esperaban cinco personas dispuestas a ocuparse del equipaje. Alison había llevado sólo una maleta porque pensaba volver a Seattle en un par de días pero, al lado del lujoso equipaje de Maximo, las diferencias entre ellos quedaban bien claras.

Una limusina negra los esperaba a pie de pista y, de repente, Alison se sintió un poco abrumada por tanto lujo.

Aunque, en realidad, ella estaba acostumbrada al dinero. Durante su infancia, antes de las tragedias que destrozaron a su familia, habían vivido lujosamente en una casa rodeada de un precioso jardín. Incluso ahora, su sueldo era más alto que el de la mayoría de la gente, aunque ella era ahorrativa y prefería no hacer gastos superfluos.

Pero aquello... aquello no se parecía a nada que ella hubiera visto.

Poco después, la limusina atravesaba la verja de hierro forjado que separaba a los habitantes del palacio del resto de la población. Enormes estatuas de soldados blandiendo espadas parecían vigilar las puertas, como reforzando la exclusividad del sitio.

—¿No hay foso? —bromeó Alison.

—No, los cocodrilos nunca podían distinguir a los intrusos de los residentes, de modo que eran muy mal sistema de seguridad. Ahora sólo tenemos una alarma, como todo el mundo.

Su inesperada broma la hizo sonreír.

—Entonces, tampoco quemáis a los invasores con aceite hirviendo.

—El aceite sólo se utiliza en la cocina y siempre de oliva —siguió bromeando Maximo. Y cuando sonrió, Alison vio un hoyito en su mejilla.

¿Por qué nó seguía siendo serio y distante? Era más fácil verlo como la oposición cuando se mostraba antipático.

Unos segundos después, se detenían frente a una puerta claveteada guardada por dos soldados de uniforme que se parecían mucho a las estatuas.

—Después de hacerme la prueba cenaremos con mis padres, así podré presentártelos.

—¿Tienes que presentármelos?

—Aparte de ser una invitada, también eres la madre de mi hijo. Y mis padres serán los abuelos de ese niño.

Abuelos. Incluso podía darle al niño un abuelo y una abuela mientras que ella no sabía dónde estaba su padre. Y su madre era una mujer amargada que bebía para olvidar mientras lanzaba diatribas contra la vida y los hombres en general. Alison nunca obligaría a su hijo a soportar eso. De hecho, ella lo soportaba sólo cuando no le quedaba más remedio.

—Esto es demasiado complicado —murmuró, enterrando la cara entre las manos. Saber que iba a tener un hijo había sido un cambio tremendo en su vida, pero añadir todo aquello le parecía imposible.

—Mis padres tienen derecho a disfrutar de su nieto, como yo tengo derecho a disfrutar de mi hijo. Igual que tú, Alison. Y no pienso dejar que le niegues esa posibilidad a mi familia.

Ella levantó la mirada y la rabia le dio fuerzas para contestar:

—Por real decreto, ¿no? ¿Es ahora cuando sale a relucir la mazmorra?

—¿Se puede saber qué te pasa con las mazmorras? ¿Es un fetiche o algo parecido? En Turan nunca ha habido mazmorras.

—Me preocupa acabar en las noticias: *Joven norteamericana cautiva de príncipe medieval.*

Alison no apartó las manos de su cara para disimular que se había puesto colorada. Como si ella fuera a dejar que un hombre la atase para hacerle lo que quisiera...

Curiosamente, imaginar a Maximo como ese hombre la hizo sentir un cosquilleo extraño en el estómago. Totalmente sorprendida por la dirección de sus pensamientos, abrió la puerta del coche sin esperar a que lo hiciera alguno de los guardias.

Maximo llegó a su lado en dos zancadas.

–¿Qué te pasa?

Alison siguió adelante, intentando no dejarse afectar por su presencia y sus comentarios.

Pero cuando tiró de su mano, su corazón empezó a latir con tal fuerza que estaba segura de que podría oírlo. Estando tan cerca podía notar el calor de su cuerpo, respirar el aroma de su colonia masculina que era cien por cien hombre. Cien por cien Maximo.

¿Desde cuándo notaba ella cómo olía un hombre? A menos que fuera en el gimnasio, y con connotaciones negativas, nunca le había pasado. Entonces, ¿por qué el olor de Maximo hacía que su pulso se acelerase?

–No sabía que una mujer de mundo como tú pudiera avergonzarse por algo tan simple, pero te has ruborizado, *cara*.

–Deja de usar esos términos cariñosos. No me gustan.

–¿Ah, no? –Maximo inclinó la cabeza y a ella se le encogió el estómago. Por un momento casi le había parecido que iba a besarla–. La mayoría de las mujeres los encuentran sexys.

–Yo no soy como la mayoría de las mujeres.

–No, ya lo sé.

Alison no sabía si lo había dicho como un cumplido o no, pero ella decidió tomárselo así. Aunque sus palabras no deberían tener el poder de halagarla o hacerle daño. No deberían afectarla en absoluto. Lo único que había entre ellos era el niño y de no ser por el error de la clínica nunca se hubieran conocido. Se movían en esferas completamente diferentes y Maximo no la habría mirado siquiera de no ser por el embarazo.

Y era importante recordar eso.

—¿Cuándo verás al médico? —le preguntó, esperando distraerlo.

—Vendrá en cuanto la llame. Es una mujer, por cierto.

—¿Y cuándo la llamarás?

—Ahora mismo, si te parece.

Alison asintió con la cabeza, intentando disimular su nerviosismo.

—Sí, por favor.

Media hora después, Alison seguía a Maximo y a la guapísima doctora a su despacho. Cuando le dijo que tenía un médico personal había pensado que sería un hombre, no una mujer rubia de treinta años, alta y esbelta como una modelo.

No debería sorprenderle, claro. Maximo era un hombre muy atractivo, rico y poderoso. Probablemente tenía que quitárselas de encima a escobazos.

Pero eso no era cosa suya. Maximo podía salir con quien quisiera, incluyendo a la guapa doctora, porque ella no tenía intención de mantener una relación íntima. No iba a sacrificar su independencia por un par de horas de placer con un hombre.

Para otras mujeres estaba bien tener romances o aventuras, pero su aversión a las relaciones había impedido que descubriera el placer sexual de manera práctica. Claro que tenía veintiocho años y no era una ingenua. Sabía lo que era el sexo y no podía imaginar que tal actividad la interesase.

Entonces, ¿por qué se le encogió el estómago mientras la guapa doctora tocaba el brazo de Maximo? La rubia levantó la manga de la camisa para pasar un algodón por su piel y los movimientos le parecieron más lentos, más sensuales de lo que debería.

–Sólo necesitamos un poco de sangre –murmuró.

Alison tuvo que apartar la mirada. Le daba cierta angustia ver sangre y, estando embarazada, aún más. Se sentía frágil y lo último que quería era hacer algo tan ridículo como desmayarse.

–Bueno, ya está –anunció la doctora, volviendo a bajar la manga de la camisa–. En cinco días tendremos el resultado de la prueba. Si necesita algo antes de eso, llámeme. Ya sabe que siempre estoy disponible –añadió, apretando el brazo de Maximo.

Y Alison no pudo dejar de preguntarse para qué estaría disponible la buena doctora.

Cinco días. En cinco días sabrían si había alguna posibilidad de que su hijo pudiera estar afectado de esa terrible enfermedad.

Su hijo, de los dos. Le parecía tan irreal que aquel extraño fuera el padre de su hijo. Al menos, si el niño hubiera sido producto de un revolcón se conocerían de algo, pero no sabían nada el uno del otro. Ni siquiera compartían la atracción física que compartían la mayoría de las personas que esperaban un hijo.

«Mentirosa».

Muy bien, sí, se sentía atraída por él. Se había sentido atraída por otros hombres pero no así; aquello era diferente y debía reconocerlo.

Además, era un alivio saber que el niño le importaba lo suficiente como para hacerse la prueba de inmediato. Y que, si algo le ocurriese a ella, Maximo cuidaría de su hijo. Por el momento, al menos, no le parecía un adversario.

—¿Hay algún hotel que puedas recomendarme?

—¿Por qué necesitas un hotel? —le preguntó él.

—No me apetece dormir en la calle. Nunca me ha gustado ir de acampada.

—Siempre tienes una réplica —Maximo miró su boca con un brillo de interés en los ojos oscuros y, sin darse cuenta, Alison se pasó la punta de la lengua por los labios. Se sentía atraído por ella, estaba segura. Y pensar eso hizo que se sintiera mareada...

Pero, tan repentinamente como había aparecido, el brillo de interés desapareció. Tal vez lo había imaginado, pensó. No había otra explicación. Ella no era fea en absoluto y lo sabía, aunque tampoco era una mujer despampanante. La esposa de Ma-

ximo, en cambio, habría hecho que una supermo-
delo pareciese una chica normal; sus facciones
eran exquisitas, su pelo largo y liso siempre esti-
loso y elegante, su esbelta figura perfecta para los
vestidos de diseño.

Recordaba perfectamente el rostro de su esposa
porque era una celebridad antes de casarse con
Maximo. Una soprano que había cantado en los
mejores teatros del mundo, era una mujer llena de
talento, preciosa y culta.

Y ella podía ser guapa, pero no tenía el atractivo
universal que poseía Selena Rossi, de modo que
sería absurdo pensar que Maximo pudiera estar interesado en ella. Ella era una chica normal y él un
ejemplo de perfección masculina...

Y ahora estaba dramatizando.

Nerviosa, volvió a pasarse la lengua por los labios.

—Te alojarás en palacio —dijo él.

—No hace falta, puedo alojarme en un hotel.

—No lo dudo, pero estás embarazada de mi hijo
y no quiero que estés sola en un hotel.

—¿No hay buenos hoteles en Turan?

—Hay muy buenos hoteles en mi país, pero eso
no significa que vaya a permitir...

—¿Que vayas a permitir? —lo interrumpió ella—.
Tú no tienes autoridad para obligarme a hacer nada.

—Estás embarazada de mi hijo, yo diría que eso
me da cierta autoridad...

—¿Qué autoridad?

Maximo dejó escapar un suspiro.

–Alison, vas a tener un hijo mío y creo que eso me da derecho a saber dónde estás...

Ella se quedó boquiabierta.

–No tienes ninguna autoridad sobre mí. Eso es lo más primitivo que he escuchado en toda mi vida.

–Sólo quiero saber que estás bien... el niño y tú. ¿Qué hay de primitivo en eso?

–¿Aparte de que tú no tienes derecho a controlar absolutamente nada de lo que yo haga?

–No quiero controlarte, quiero protegerte. Estás embarazada de mi hijo, de modo que eres... mi mujer –replicó, exasperado.

–¿Tu mujer? –repitió Alison, ignorando el escalofrío de sensualidad que esa palabra la hacía sentir. Ridículo–. Yo no soy la mujer de nadie. Y aunque lo fuera... aunque hubiéramos concebido a este niño de la manera tradicional, no sería tu mujer. Soy más que capaz de controlar mi vida por mí misma, llevo muchos años haciéndolo.

–Sí, ya lo sé. ¿Cómo te va, por cierto?

–Imagino que igual que a ti.

Maximo suspiró.

–¿Por qué quieres pelearte conmigo, Alison? Si la prensa descubre quién eres, no te dejarán en paz. ¿Y qué pasaría si te persiguieran los paparazzi? No tienes idea de lo insoportables que pueden ser –en sus ojos podía ver un brillo de emoción que la sorprendió. Pero, así de repente, el brillo desapareció de nuevo.

–¿Y crees que eso podría pasar?

—Ya viste a los fotógrafos en el aeropuerto. Aquí, en Turan, puede ser mucho peor.

Alison no había tenido eso en consideración, no había pensado que ella podría interesarle a la prensa.

—Sí, bueno... tal vez tengas razón —tuvo que admitir.

—Muy bien, te acompañaré a tu habitación.

Poniendo una mano en su espalda, Maximo la llevó por un largo pasillo. El roce parecía crear un incendio desde donde la tocaba hasta la raíz del pelo y Alison tuvo que apartarse un poco para poder respirar, intentando concentrarse en algo que no fuera el roce de su mano, un roce que no significaba nada para él y no debería significar nada para ella.

El ala del palacio en la que estaban tenía una estética moderna y luminosa, similar a su casa de Seattle. Las paredes estaban pintadas de blanco, en contraste con los muebles de madera oscura. Quien lo hubiese decorado tenía un gusto exquisito... tal vez la decoradora habría sido su mujer, pensó entonces, con un nudo en el estómago.

Maximo la tomó por la cintura mientras subían por la escalera y el gesto le pareció extrañamente íntimo. Pero estaba esperando un hijo suyo; no podía negarlo ni podía negar la conexión que había entre ellos. Y tampoco podía negar que el calor de su mano la afectaba. Si era sincera consigo misma, desearía que subiera la mano un poco más, que acariciase su piel desnuda, sus pechos...

Alison carraspeó, intentando romper el hechizo

en el que parecía envuelta. El rostro de Maximo estaba a unos centímetros del suyo y se quedó sorprendida por la perfección de sus facciones. Ni siquiera de cerca podía encontrar un defecto y, sin darse cuenta, se encontró acercándose un poco más, como por un instinto que no podía controlar.

Cuando sus labios se encontraron, Alison abrió los suyos. No era un beso exigente o particularmente apasionado, sino más bien una seducción lenta. Nunca la habían besado así, con esa sensualidad.

Había besado a otros hombres, en la universidad, cuando aún se molestaba en fingir que era como las demás chicas, pero nunca un beso la había hecho sentir tan vacía, tan deseosa de más, como si necesitara algo que sólo aquel hombre podía darle.

Los otros besos habían sido agradables, pero nunca había sentido el deseo de empujar las caderas contra el hombre para encontrar satisfacción.

El roce de su lengua parecía llegar hasta el centro de su ser y unos músculos que no había notado antes se contrajeron, como anticipando algo mucho más íntimo.

Cuando se apartó, Alison tragó saliva, tan alterada que no sabía qué decir.

—Max... —susurró, frotándose los labios y notándolos hinchados.

Él sonrió.

—Me gusta que me llames así.

El hechizo del beso empezaba a desaparecer y,

de repente, Alison se sintió avergonzada. Pero Maximo puso una mano en su estómago.

–Éste que llevas dentro es mi hijo, nuestro hijo –al decirlo, su acento se volvió más pronunciado, su voz más ronca–. Y la atracción que hay entre nosotros es muy conveniente.

–¿Conveniente? –repitió ella.

–Por supuesto. ¿Cómo no va a ser conveniente que desee a mi futura esposa?

Capítulo 4

TU FUTURA esposa? –Alison, aún mareada del beso, estaba segura de haber oído mal.

–Sí, lo he pensado mucho y es la única solución –asintió Maximo, encantado consigo mismo.

–No voy a casarme contigo –replicó Alison.

Si pensaba hablar de algo tan absurdo con la misma calma con la que hablaría del tiempo, ella haría lo mismo. No iba a darle la satisfacción de perder el control.

–Mira, sé que eres una mujer inteligente y, dado el trabajo que haces, también una persona compasiva. Con esas dos cualidades, no entiendo que no hayas llegado a la misma conclusión que yo.

–No entiendo por qué la inteligencia y la compasión iban a hacerme concluir que tú y yo deberíamos casarnos.

Aunque hacía que su corazón latiese con más fuerza. Y, si era sincera consigo misma, la idea de estar casada con un hombre como Maximo no le resultaba del todo desagradable.

–No podremos compartir la custodia si tú vives en Estados Unidos y yo aquí. Además, un hijo ilegítimo no tendría derecho al trono o a reclamar su herencia. Espero que, por compasión, no le hagas eso a nuestro hijo.

Ella sacudió la cabeza.

–Ni siquiera nos conocemos. ¿Cómo va a ser bueno para el niño crecer en un hogar en el que sus padres son dos extraños?

–Pero no lo seríamos –objetó él–. Nos sentimos atraídos el uno por el otro y yo creo que pronto nos conoceríamos bien.

–Ni siquiera te conozco. ¿Esperas que me acueste contigo?

Maximo se encogió de hombros.

–No es tan raro que dos extraños se acuesten juntos. Además, si estuviéramos casados, sería lo más natural.

Para él podría ser natural acostarse con cualquiera, pero para ella no. No había nada natural en la idea de estar desnuda, dejando que la tocase por todas partes...

–Lo siento, pero no estoy interesada en un marido –le dijo, después de tragar saliva.

–Ya sé que ése era tu plan, pero las cosas han cambiado.

–Nada ha cambiado, mi objetivo sigue siendo el mismo.

–Pero la realidad ha cambiando –insistió él–. Te aseguro que el matrimonio tampoco era lo primero en mi lista. He estado casado y no creo que pudiera enamorarme de nuevo... ninguna mujer podría reemplazar a mi esposa.

–Pues no rompas tus votos por mi culpa.

Maximo levantó su barbilla con un dedo.

–No los rompería por ti, sino por nuestro hijo. Pensé que eso era lo más importante.

–Pues claro que es lo más importante...

–Pues entonces es un acto de egoísmo por tu parte no querer casarte conmigo –la interrumpió Maximo. En sus ojos oscuros había un brillo decidido y una chispa se encendió en su vientre, la rabia y el deseo actuando como aceleradores.

–¡Es completamente absurdo pensar que tú tienes todas las repuestas!

–Eres tan apasionada... –dijo él entonces, tocando su cara–. Es una pena que expreses la pasión de ese modo.

–¿Cómo te gustaría que la expresara?

–En mi cama.

–Eso es tan imposible como que me case contigo.

Maximo esbozó una sonrisa traviesa.

–Eso suena como un reto, *cara*. Y no deberías retarme.

–También tú me estás retando. Y sé que puedes ser testarudo, pero tampoco yo soy de las que se dejan convencer fácilmente.

–Lo creo, por eso te encuentro tan interesante. Eres una mujer de carácter.

–Eso es –asintió ella–. Y sé que casarme contigo sería un error.

Maximo negó con la cabeza.

–Es lo más lógico y espero que tú llegues a la misma conclusión.

Después de eso, se dio la vuelta y siguió adelante como si no hubiera pasado nada. Y ella lo siguió porque no le apetecía perderse en el laberinto que era aquel palacio, especialmente sin tener a mano unas galletitas saladas cuando empezaba a sentir náuseas de nuevo.

Maximo no dijo una palabra más y tampoco lo hizo ella, pero no dejaba de darle vueltas a la conversación. ¿Tendría razón? ¿Sería el matrimonio lo más sensato?

En Estados Unidos, ser madre soltera no era un problema para nadie, pero aquél era un país diferente y, sobre todo, su hijo sería hijo de un príncipe heredero.

Alison se sintió invadida por una ola de tristeza. No era eso lo que había querido para su hijo. Ella soñaba con ver a su hijo tomando leche con galletas y dibujando sobre la mesa de una cocina pequeña. Jamás había imaginado tanta pompa y circunstancia. Si se casaba con Maximo, su hijo sería heredero al trono de Turan y, si no lo hacía, sería un niño normal. En realidad, no sabía qué era mejor. Ella había soñado con una infancia normal para su hijo, ¿pero qué querría él o ella? ¿La odiaría por negarle una familia y un sitio en la historia?

Si supiera qué era lo mejor...

–Ésta es tu habitación –Maximo abrió una puerta y le hizo un gesto para que entrase–. No te preocupes, te acompañaré de vuelta. Sé que el palacio es complicado –dijo, al ver que miraba hacia atrás con un gesto de aprensión.

–¿Además de empresario y príncipe, también sabes leer los pensamientos?

–Te aseguro que no. Pero sé leer las expresiones y tú tienes una cara muy expresiva. Cuando estás preocupada, arrugas el ceño...

–Todo el mundo lo hace.

–¿No te gusta que sepa leer tus expresiones?

–¿Te gustaría que yo leyera las tuyas?

–Yo no soy un hombre emocional.

–Pues mostraste una gran emoción al saber que ibas a tener un hijo.

–Sí, claro que sí. El cariño que un ser humano siente por un hijo está por encima de todo. Es tan natural como respirar.

–Si tú supieras... –murmuró ella, pensando en su padre, incapaz de querer a nadie tras la muerte de su hija pequeña.

–Para mí lo es. Selena y yo queríamos tener hijos, pero no pudimos.

Por primera vez, Alison se preguntó lo que sería para él tener un hijo con una mujer que no era su esposa. Ella había tenido planes, sueños que no incluían un marido y, por supuesto, sería lo mismo para Maximo. Cuando decidió tener hijos, se imaginaría a sí mismo con su esposa, la mujer de la que estaba enamorado. Y se le encogió el corazón. Aunque no quería entenderlo ni sentir pena por él, en aquel momento entendía su punto de vista.

–¿Por qué no descansas un rato? Conocerás a mis padres durante la cena, en un par de horas.

Cuando entró en la habitación se quedó boquiabierta. Era la habitación de una princesa, desde la moqueta de color crema a las paredes pintadas en tono malva, el edredón de seda o los metros de gasa que cubrían el dosel de la cama. Aquella habitación era una fantasía femenina y Alison no pudo dejar de preguntarse para quién se habría creado tal fantasía. ¿Para las amantes del príncipe? Estaba segura de que un hombre como él no podría estar sin compañía mucho tiempo.

Sin permiso, su mente empezó a crear una imagen de cómo podría ser. Podía verlo claramente, las manos de Maximo acariciando los pechos de una mujer, besando la blanca columna de su cuello y... cuando vio una melena rubia extendida por la almohada parpadeó para borrar la imagen, sintiendo que le ardían las mejillas. Era absurdo, ella no iba a ser la amante de Maximo. Aparte de que no tenía el menor deseo de serlo, estaba segura de que él no querría llevarse a una virgen de veintiocho años a la cama.

Sabía que a algunos hombres les gustaban las mujeres inexpertas o la idea de ser el primero, pero tenía la impresión de que a su edad ya no era tan sexy.

—¿Te gusta?

—Es preciosa —respondió ella, después de carraspear.

—¿Quieres que te traigan algo?

—Unas galletitas saladas, si puede ser. Y ginger ale, es lo único que me quita las náuseas.

Maximo arrugó el ceño.

–¿No te encuentras bien?

–Últimamente no me encuentro muy bien, no.

–¿Y es normal?

Alison se encogió de hombros.

–Son náuseas matinales, aunque a mí a veces me duran todo el día. Pero sí, es normal.

–Descansa –le recomendó Maximo–. Yo me encargaré de que traigan todo lo que necesites.

Alison asintió con la cabeza. De repente, estaba tan cansada que su único deseo era acostarse un rato.

–Gracias.

Cuando Maximo salió de la habitación se tumbó en la cama, sin quitarse los zapatos siquiera, y unos segundos después estaba profundamente dormida.

Cuando Maximo volvió media hora después, Alison estaba dormida, con un brazo sobre la cara, el pelo extendido por la almohada como un halo dorado. Inmediatamente, sus ojos fueron a sus pechos, que subían y bajaban con cada respiración. Era una mujer asombrosamente bella, pensó.

Y no recordaba la última vez que besar a una mujer lo había excitado tanto. Quizá cuando era adolescente, pero no desde que tenía veinte años.

No había querido besarla, aún no. Alison era una mujer inteligente, cerebral, y tendría que seducirla a través de la lógica y la razón. Al menos, eso había pensado. Pero ella se había mostrado sorprendentemente apasionada entre sus brazos, un poco vacilante, pero más dulce por ello.

La tentación de acariciar su estómago y subir la mano hasta la curva de sus pechos era tan poderosa que le dolían hasta los dientes. Y no sólo los dientes. Maximo tuvo que hacer un esfuerzo para controlarse.

–Alison, *cara* –la llamó, tocando su brazo.

Siempre le habían gustado las mujeres altas, esbeltas; modelos, actrices, mujeres estilosas y sofisticadas. Alison era delgada, pero tenía unas curvas muy femeninas, sus pechos seductoramente llenos.

Al contrario que las mujeres con las que solía salir en el pasado, Alison vestía de manera sencilla, con trajes de chaqueta y vestidos discretos. Era como si no se vistiera para gustar y apenas llevaba maquillaje. La mayoría de las mujeres que él conocía habrían protestado por lo pálidas que estaban sin él, pero a Alison no parecía importarle.

Sin pensar, volvió a tocar su brazo y ella se movió ligeramente, esbozando una sonrisa adormilada.

–Sé que estás medio dormida. De no ser así, no me habrías sonreído.

Ella frunció el ceño, llevándose una mano al estómago.

–¿Te encuentras bien?

–Sí, sí... bueno, me duele un poco el estómago y tengo la boca seca, pero el niño está bien.

–Te he traído lo que querías –dijo él, señalando la bandeja.

–¿Me has traído galletitas saladas?

–Y un ginger ale especial –Maximo tomó la copa

que había sobre la bandeja–. El chef lo ha preparado especialmente para ti, con jengibre y miel, que es buena para el estómago.

Alison alargó una mano temblorosa para tomar la copa y, después del primer sorbo, dejó escapar un suspiro de alivio.

–Esto resuelve mis problemas. Los problemas físicos al menos.

–¿Sigues viendo esto como un problema?

–Bueno, las náuseas matinales *son* un problema. Y tú no vas a decirme que estás encantado con la situación.

–Tampoco estoy preocupado.

–¿Cómo es posible?

–Quiero ser padre –Maximo se encogió de hombros–. Había perdido la esperanza de serlo, de modo que no puedo lamentar lo que ha pasado.

Alison se puso la copa sobre la frente.

–Pues yo no sé qué hacer.

–Cásate conmigo, es la mejor solución. Por el niño, por nosotros.

–¿Por qué es mejor para nosotros?

–Si estuviéramos casados, el niño estaría siempre con su padre y su madre. Si tuviéramos la custodia compartida, ni tú ni yo podríamos disfrutar de nuestro hijo todo el tiempo.

–Eso es verdad –tuvo que reconocer ella.

–Y no creo que tú quieras vivir el resto de tu vida sin un hombre. ¿Cuántos años tienes, veintinueve?

–Veintiocho.

—Eres demasiado joven para estar sola. Criar un hijo y tener una vida personal no es fácil. Si estuviéramos casados, todo sería más sencillo. Además, nos sentimos atraídos el uno por el otro, no puedes negar eso.

—No estoy preocupada por el impacto del niño en mi vida sexual —replicó Alison, tomando una galletita de la bandeja.

—Tal vez ahora no te preocupe, pero algún día te preocupará. Y yo puedo ofrecerte muchas cosas además de seguridad económica.

—¿Por ejemplo quedarme en casa para cuidar del niño?

—Por supuesto. Aunque podrías seguir trabajando si quieres y nuestro hijo tendría los mejores cuidados del mundo.

—No creo que siguiera trabajando.

—Pensé que tu carrera era importante para ti.

—Lo es, pero criar un hijo y estar a su lado durante los primeros años de su vida también es importante para mí.

Alison quería estar en casa cuando el niño volviera del colegio, quería hacer galletas, quería ayudarlo a hacer los deberes. Quería ser todo lo que sus padres no se habían molestado en ser.

—Si eso es lo que deseas, no entiendo que quieras obligar al niño a ir permanentemente de una casa a otra.

Alison se mordió los labios.

—Bueno, tampoco somos dos personas que se odian. Yo podría alojarme aquí de vez en cuando.

–¿Y crees que eso sería mejor que formar una familia?

–Lo que creo es que ésta es una situación muy poco normal y tú estás intentando crear una familia con dos personas que no se conocen. Eso no es muy realista.

Alison tomó otro sorbo de ginger ale. Le había hecho ilusión que le llevase la bandeja, pero en realidad sólo estaba intentando convencerla para que se casara con él.

–No entiendo por qué insistes en que nos casemos. ¿No debería ser al revés?

–Tal vez, no lo sé –respondió Maximo–. Pero, como tú misma has dicho, ésta no es una situación normal. Y en este caso, soy yo quien tiene un concepto más realista de lo que significa ser un bastardo.

–¡No lo llames así! –exclamó ella, indignada–. Es un término horrible, ya nadie lo usa.

–Tal vez en tu país no se use, pero te garantizo que entre las clases dirigentes es algo muy importante. La legitimidad importa y no sólo en términos de herencia. ¿Quieres que nuestro hijo sea el sucio secreto de los Rossi? ¿Quieres que tenga que soportar murmuraciones y cotilleos toda su vida? Las circunstancias de su concepción no importan, lo que importa es lo que diga la gente. Se inventarán una historia mucho más sórdida que pasará por ser la verdad... eso es lo que hacen los medios de comunicación. Te guste el término o no, si insistes en no casarte conmigo, tendrás que acostumbrarte a él.

Alison apartó la mirada. Podía imaginarlo... la gente dejaría de hablar cuando su hijo entrase en una habitación, lo mirarían con censura, su rechazo sutil y doloroso.

–Puede que no quieras casarte conmigo y, francamente, tampoco yo tenía esa intención, pero no puedes negar que sería lo mejor para el niño –insistió Maximo.

–No me gusta la idea.

–¿De un matrimonio sin amor? Te aseguro que el amor tampoco garantiza la felicidad.

No le gustaba hablar de su matrimonio con Selena porque, de manera inevitable, destacaba no sólo los defectos de su esposa, sino los suyos propios.

–No, no es eso –Alison se abrazó las rodillas, la acción, combinada con su pelo suelto y su rostro libre de maquillaje haciendo que pareciese muy joven y vulnerable–. Yo no había pensado casarme nunca, así que el amor no tiene nada que ver. Sencillamente, es que no quiero estar casada.

–¿Por qué? ¿Es una cosa feminista?

–No, es algo personal. El matrimonio es un compromiso que exige mucho de una persona y yo no tengo el menor deseo de entregarme a nadie. Mira cuántos matrimonios terminan en divorcio. El de mis padres fue horrible y durante mis dos años como abogado especializado en gestionar divorcios vi mucha infelicidad. Acabas dependiendo del otro y para uno de ellos, normalmente para la mujer, el divorcio es una tragedia. Ver a mi madre era como ver a alguien intentando funcionar con normalidad cuando le habían cortado los brazos y las piernas.

–Yo sé lo que es perder a una esposa –dijo él–. Es duro, pero se puede sobrevivir. Y de lo que tú hablas es de cuando se acaba el amor. Eso no puede pasarnos a nosotros porque la razón por la que nos casaríamos es muy diferente. Nuestro lazo es más fuerte y seguiría siéndolo a medida que pasaran los años. El amor se va, el deseo también, pero nuestro hijo nos uniría para siempre.

Tal vez tenía razón, pensó Alison. Estuvieran casados o no, Maximo Rossi sería algo permanente en su vida como padre del niño. Y su padre, o más bien la ausencia de su padre, había conformado su vida en todos los sentidos.

Eso era algo que no había tomado en consideración hasta ese momento. No era la presencia de un padre lo que formaba a un niño, sino la ausencia de éste. ¿Qué sería para su hijo vivir en países diferentes y tener que viajar de uno a otro constantemente?

Otra tragedia que había visto muchas veces: cuánto sufrían los niños tras un divorcio, lo que eso le hacía a su autoestima. A menudo, los críos a los que ayudaba en su nuevo trabajo, aquéllos que iban a juicio por faltas o delitos menores, provenían de familias rotas.

Si podía darle a su hijo una vida segura y más posibilidades de ser feliz, ¿no debería hacerlo?

Pero el matrimonio no entraba en sus planes, no

quería ser la esposa de nadie y no necesitaba a Maximo.

—No, no quiero hacerlo.

—No se trata de lo que nosotros queramos, sino de lo que debemos hacer —insistió Maximo—. Lo que es mejor para nuestro hijo. Sé que quieres al niño y que estás preparada para los cambios que habrá en tu vida, pero ahora todo ha cambiado.

Sería mucho más fácil rechazar su oferta si se mostrase dictatorial o tirano, si fuese arrogante. Pero no lo era. Estaba siendo sensato, práctico.

Y estaba en lo cierto. Sus razones para no casarse con él eran egoístas y, sin embargo, las razones para hacerlo beneficiaban al niño.

—Muy bien —dijo por fin, su voz un poco atragantada—. Lo haré, me casaré contigo.

Capítulo 5

UNA SENSACIÓN de triunfo, y una sensación opresiva en la garganta sospechosa-
mente parecida al nudo de una soga, asal-
taron a Maximo en ese momento.

Era necesario, era lo que debían hacer. La única
manera de poder reclamar a su hijo como heredero.
Y la única manera de tener a Alison.

La idea de tenerla hizo que su entrepierna despertase a la vida de una manera elemental, primi-
tiva. La deseaba con una ferocidad que le resultaba
desconocida.

La habría deseado en cualquier caso, pero el intenso ansia de tenerla, de entrar en su cuerpo y
unirse a ella... eso tenía que estar conectado con el
embarazo porque no lo había experimentado nunca.
Había experimentado deseo, el más básico que no
tenía nada que ver con la emoción, y había estado
enamorado. Pero nada de eso se parecía a lo que
sentía por Alison.

Podría satisfacer su deseo por ella sin casarse,
pero el matrimonio era necesario para tener la
clase de relación que él quería tener con su hijo y
la única manera de darle todo lo que merecía.

–Pero acepto casarme contigo con ciertas condiciones –siguió Alison, muy seria–. Estoy de cuerdo en que el matrimonio es la mejor solución, pero no esperes que vaya a acceder a todas tus demandas.

–Apenas te conozco, pero ya estaba seguro de eso –bromeó él.

Alison tropezó al saltar de la cama y, de inmediato, él la sujetó tomándola por la cintura. Su respuesta fue inmediata y fiera al ver el brillo en los ojos de color cobre, sus labios entreabiertos. Qué fácil sería inclinar la cabeza y...

Pero ella se apartó de inmediato.

–No me encuentro bien.

–¿Y te ocurre todos los días?

–Sí, casi todos. A partir de las seis semanas empezó a ser horrible.

–¿De cuánto tiempo estás? –le preguntó Maximo.

–De siete semanas.

Casi de dos meses. Sólo faltaban siete para tener a su hijo o hija en brazos.

El estómago de Alison seguía siendo plano y se preguntó si sus pechos serían siempre así o estarían más llenos debido al embarazo. Algo primitivo y desconocido para él hizo que se sintiera orgulloso al imaginarla con el vientre hinchado.

Orgulloso y excitado. Nunca se le había ocurrido pensar que las mujeres embarazadas fueran sexys, pero podía imaginarse a sí mismo pasando las manos por el vientre desnudo de Alison, sintiendo a su hijo moverse...

–El niño nacerá en octubre.

Había oído que las mujeres embarazadas tenían un brillo especial, pero no lo había visto hasta aquel momento. El rostro de Alison se iluminó con una sonrisa secreta, íntima, que parecía darle luz a su rostro. La felicidad que veía en sus ojos era increíble y le recordó de nuevo por qué casarse con ella era lo mejor. Sería una buena madre, estaba absolutamente seguro de eso.

–Estás muy contenta.

–Pues claro que sí.

–Tendremos que organizar la boda antes de que el embarazo empiece a notarse.

Alison se mordió los labios, insegura y frágil por primera vez.

–Sí, pero como te he dicho antes, hay ciertas condiciones para ese matrimonio.

–¿Qué condiciones?

–Por ejemplo, no quiero que nuestro hijo vaya a un internado. Quiero estar con él el mayor tiempo posible y que tenga una infancia normal, sin niñeras ni caprichos. No quiero que sea un niño malcriado.

–¿Yo te parezco un niño malcriado?

–Sí –contestó ella–. Y quiero seguir defendiendo a los niños. No sé, tal vez a través de una organización benéfica o algo parecido.

–Me parece una idea maravillosa. En Turan hay varias organizaciones que se dedican a atender a los niños y que la princesa se involucrase en ese tema sería recibido con agrado por todos.

—Y además... quiero tener mi propia habitación.

Él inclinó la cabeza.

—Es una práctica común en los matrimonios reales.

—No, no lo entiendes. Quiero decir que no... no quiero que tengamos una relación sexual.

Alison intentó controlar un cosquilleo en el estómago. Sabía que a Maximo no le haría gracia. ¿No había hecho referencia a la atracción entre ellos como una de las razones por las que casarse sería buena idea? Pero necesitaba aquello para aceptar su proposición.

El beso la había hecho olvidar quién era, dónde estaba y por qué estaba allí. Acostarse con él... ¿qué le haría eso? La idea de rendirse, de desnudarse física y emocionalmente ante otro ser humano la aterrorizaba. Podía lidiar con el matrimonio, pero la intimidad sexual era imposible.

Se sentía atraída por Maximo y, por eso, debía mantener las distancias. Pero era la facilidad con que le robaba el sentido común, el control, su habilidad de pensar coherentemente lo que la alarmaba. Tenía demasiado poder sobre ella y añadir el sexo a la mezcla podría resultar en desastre.

—Eso no tiene sentido. No puedes negar que nos sentimos atraídos el uno por el otro.

—Tal vez, pero no creo que pueda comprometerme a ese tipo de relación contigo. Las cosas ya son bastante complicadas —dijo ella—. Un matrimonio en el estricto sentido legal de la palabra, sí. Pero nos conocimos hace veinticuatro horas, Maximo, no puedo ni pensar en una relación sexual contigo. Reconozco que eres un hombre muy atractivo y estoy segura de que muchas mujeres...

—Si te preocupa el tema de la infidelidad, te aseguro que mientras estuve casado nunca miré a otra mujer.

Porque había estado enamorado de Selena. Pero ellos no estaban enamorados y, si iban a acostarse juntos, tendría que serle fiel... y ésa era otra razón para no cruzar la línea. Si tuvieran relaciones íntimas, no querría que se acostase con nadie más pero siempre temería que lo hiciera y eso la haría sentir insegura, frágil. Y ésa era una de las cosas que estaba intentando evitar.

—Mira, yo no quiero involucrar mis emociones en este matrimonio.

—No tendríamos por qué hacerlo.

Tal vez él no, pero ella... Alison sabía por instinto que el sexo podría tener un efecto devastador para ella. No podría abrirse a otra persona de ese modo sin involucrar sus sentimientos. Ésa era la razón por la que no había mantenido relaciones íntimas con nadie.

No, lo último que necesitaba era depender de Maximo. Llevaba demasiados años esforzándose para ser independiente, para no poner su vida en manos de nadie.

—Quizá no. Pero eso es lo que quiero.

—¿Y no te importaría que yo me acostara con otras mujeres? —le preguntó él.

–Me daría igual lo que hicieras. Si no nos acostásemos juntos, no tendrías por qué serme fiel.

–Puede que pienses de otra manera cuando nos casemos.

–No, no lo creo. Lo que tenemos en común es el deseo de hacer lo mejor para nuestro hijo, nada más. Ni siquiera lo hemos concebido de la manera normal.

–Pero podríamos haberlo hecho.

Era demasiado fácil visualizar esa imagen: encontrándose con Maximo en un bar, en un restaurante, riendo, cenando juntos, volviendo juntos a casa para hacer el amor...

No. Ella no hacía esas cosas y nunca había sentido que le faltase algo por ello. Hasta aquel momento. ¿Cómo iba a lidiar con un hombre como Maximo? Un hombre experto y sofisticado que probablemente sabía más sobre las mujeres y el sexo que los demás. Y ella sabía mucho menos que cualquier mujer normal.

–Ésas son mis condiciones –le dijo–. No puedo casarme contigo si no estás de acuerdo.

–Entonces, estoy de acuerdo –respondió él–. No quiero una mártir en mi cama. Nunca he tenido que forzar a una mujer para que se acostase conmigo y no pienso hacerlo con mi esposa.

Era la verdad. No iba a suplicarle a una mujer que se acostase con él, ni siquiera a una a la que deseaba tanto como a Alison. Nunca le había suplicado a Selena cuando se fue de su dormitorio. Un «no» era un «no», incluso de su esposa. Pero le sorprendía que Alison les negase a los dos lo que, evidentemente, también ella deseaba.

Un matrimonio sin sexo no era nada nuevo para él. Al principio creyó que Selena quería castigarlo por no darle un hijo, aunque el problema era suyo, no de él. Pero la realidad era que, frustrada por tener que hacer el amor a unas horas determinadas y unos días determinados sin conseguir el resultado que esperaban, un día decidió alejarse de él. Selena no había dejado que la tocase en los últimos seis meses de su matrimonio. Los últimos seis meses de su vida.

Sabía por qué lo había hecho y no estaba seguro de merecerlo. Pero no sabía cuál era el juego de Alison. Era una experta y nada tímida abogada de veintiocho años que también se sentía atraída por él, de modo que no entendía que rechazase una relación sexual. Su respuesta al beso había sido muy real, no había manera de fingir esa reacción. Pero si necesitaba una pretensión de moralidad, lo respetaría. Aunque dudaba que durase mucho tiempo. La atracción entre ellos era demasiado fuerte, más fuerte de lo que él había experimentado nunca.

—¿Estás dispuesta a conocer a mis padres?

Alison se mordió los labios, pensativa, y cuando dejó de hacerlo Maximo vio una marca en el labio inferior que le hubiera gustado acariciar con los dedos.

—Supongo que no se puede cancelar una cita con los reyes.

—Si no te encuentras bien, podemos cancelarla.

Selena la hubiera cancelado. Su mujer tenía una salud delicada... era delicada en todos los sentidos, física y emocionalmente. Él había pensado que su deber era protegerla y lo sería también con Alison.

–No, estoy bien. He hecho mi vida normal sin que nadie me protegiera hasta ahora, de modo que puedo conocer a tus padres. ¿Pero qué pensarán ellos de todo esto?

Maximo se encogió de hombros.

–No creo que la naturaleza de nuestra relación sea asunto suyo.

–¿No quieres que sepan cómo se concibió el niño?

–Ellos no sabían nada sobre los problemas de fertilidad de Selena. Para ella era muy importante que nadie supiera nada.

–Entonces tal vez no sea importante que tus padres sepan cómo se concibió este niño.

En realidad, le rompía el corazón pensar que iba a vivir el sueño de otra mujer, el que se le había negado a Selena. Aunque le gustaría ser sincera sobre la naturaleza de su relación, o la falta de ella, era su deber proteger el recuerdo de su primera esposa.

–Bueno, te dejo para que te prepares –dijo él entonces–. Volveré a buscarte dentro de una hora.

Alison vio a Maximo, su prometido, cerrar la puerta de la habitación con una sensación de anhelo tan poderosa que la sorprendió. Una parte de ella quería estar más cerca, la otra le decía que se alejase. Era como una guerra, cada deseo empujándola en una dirección diferente, pero la parte sensata tenía que ganar. Debía hacerlo.

El comedor formal del palacio era extremadamente formal. Los altos techos y las columnas le daban aspecto de museo, la larguísima mesa, en la que cabrían treinta personas, le daba un aire frío e impersonal a la habitación.

Un niño no podría sentarse a esa mesa, pensó Alison. Allí no podría tomar leche con galletas o hacer dibujos porque seguramente era una antigüedad.

Naturalmente, habría otras mesas en el palacio, pero era lo que representaba aquella habitación lo que temía. Y no por primera vez desde que aceptó la proposición de Maximo, se preguntó si había hecho bien. En aquel comedor tan formal, tan elegante, con dos personas igualmente formales y serias mirándola, Alison tragó saliva.

–Sentaos, por favor –dijo el rey–. Estamos muy interesados en conocer a tu invitada.

El rey era evidentemente un hombre de avanzada edad, pero no parecía frágil. Tenía el pelo blanco, la piel bronceada y aspecto de estar en forma. La reina era preciosa, mucho más joven que su marido. Llevaba el pelo oscuro sujeto en un moño y no tenía una sola arruga. Daban miedo y ninguno de los dos sonrió mientras Max y ella se sentaban a la mesa.

La única que lo hizo fue una joven sentada a la

izquierda de la reina Elisabetta. De pelo oscuro, piel morena y brillantes ojos azules, era una de las mujeres más bellas que había visto nunca.

—¡Max! —gritó, echándole los brazos al cuello—. Cuánto me alegro de que hayas llegado antes de lo previsto.

—Yo también me alegro de verte, Bella —Maximo la besó en la frente—. Alison, te presento a mi hermana Isabella.

La angustia que había empezado a sentir desapareció al saber quién era. Aunque habría dado igual que fuera su amante o su novia. No era asunto suyo y no había ninguna razón para que le importase.

—Encantada de conocerte —dijo Isabella, besándola en la mejilla—. Me alegro mucho de que Max haya venido con una amiga.

—Alison, te presento a mis padres, el rey Luciano y la reina Elisabetta.

—Me alegro de conocerlos —dijo ella.

Maximo apartó una silla y Alison se sentó, sintiéndose horriblemente incómoda. Una cosa era estar frente a un juez y un jurado, a eso estaba acostumbrada y se sentía segura de sí misma, pero allí se sentía como un pez fuera del agua.

—No sabía que tuvieras novia, Max —bromeó su hermana.

Maximo tomó su mano por debajo de la mesa, enredando los dedos con los de ella.

—Estábamos intentando mantenerlo en secreto hasta que hubiéramos tomado una decisión firme.

Alison asintió, nerviosa. Odiaba aquello, odiaba sentirse tan fuera de lugar. Pero ella nunca había pasado por algo así, nunca había tenido que conocer a los padres de un novio y aquellas dos personas no eran sólo sus padres, sino los reyes de Turan.

–¿Es una relación seria? –preguntó la reina.

–Le he pedido a Alison que se case conmigo –le confirmó Maximo.

–¿Tan pronto? Selena murió hace apenas dos años –le recordó su padre.

–Sería mejor que esperases un poco más para volver a casarte, hijo.

–El período de luto de tres años es muy anticuado –dijo él–. No tengo intención de esperar un año más para casarme con Alison. No podemos esperar tanto tiempo.

–¡Qué romántico! –exclamó su hermana.

–El romanticismo no tiene nada que ver. Alison está embarazada y debemos casarnos lo antes posible.

Ella quiso meterse bajo la mesa al ver la cara de sorpresa y desaprobación de sus padres.

–¿Te has hecho la prueba de paternidad? –le preguntó el rey.

–No será necesario. Estoy seguro de que el niño es hijo mío y no quiero que nadie sugiera lo contrario.

El enfado de Maximo la sorprendió. Pero ellos no eran una pareja de verdad, de modo que debía estar relacionado con su ego masculino.

–Entonces empezaremos a organizar la boda lo antes posible –asintió el rey.

La reina frunció los labios, disgustada.

–Pero no sabemos nada de ella, Maximo. ¿Es una persona adecuada? ¿Quién es su familia?

Alison se movió en la silla, incómoda.

–¿Qué importa eso, mamá? –exclamó Isabella–. Si Max la quiere, debe casarse con ella. Ésa es la única razón para casarse.

–Esto no tiene nada que ver contigo, Isabella –la reprendió su padre–. Pero tiene razón –dijo luego, mirando a su esposa–. Alison está embarazada y eso es lo único que importa.

La aceptaban sólo porque iba a tener un hijo con él, pero si no estuviera embarazada, seguramente el rey habría puesto muchas pegas a ese matrimonio.

Claro que no podía imaginar a Maximo intimidado por nadie. No, él no se dejaría presionar por sus padres. Además, daba igual, ellos iban a casarse por su hijo, no porque estuvieran enamorados.

Maximo movió el pulgar sobre la suave piel de su muñeca y un ejército de mariposas empezó a volar en su estómago, llamándola mentirosa.

Sí, se sentía atraída por él, pero eso no significaba nada. Maximo era un hombre muy atractivo y, además, estaban las hormonas del embarazo. Pero eso era todo, afortunadamente.

–Me alegro de que nos pongamos de acuerdo –dijo él, mirando a su madre con gesto de advertencia.

–No os caséis en una ceremonia civil –intervino el rey, con tono imperioso. Era evidente de quién había heredado Maximo su arrogancia–. Os casaréis por la iglesia y haremos un anuncio oficial. Vas a darle un heredero al trono y lo celebraremos como corresponde.

Su madre parecía haberse tragado un limón.

–Supongo que una boda apresurada es preferible a tener un hijo bastardo.

Alison tuvo que morderse la lengua. De modo que no sólo los desconocidos y los medios de comunicación hubieran llamado bastardo a su hijo. Su propia familia lo habría hecho.

–No voy a tolerar que hablen así del niño –les advirtió después, armándose de valor–. No dejaré que nadie le haga daño a mi hijo, nunca.

Maximo apretó su mano.

–Nadie le hará daño, *cara*. Yo no lo permitiré –le prometió, antes de volverse hacia su madre–. Este niño va a ser tu nieto, mamá, no lo olvides –dijo luego, levantándose–. Alison y yo cenaremos en nuestra habitación.

Pero en cuanto salieron al pasillo, soltó su mano.

–Ha ido muy bien –dijo Alison, irónica.

–Tan bien como yo esperaba. Mi madre quería a Selena como a una hija, esto no es fácil para ella.

–¿Entonces no sería mejor que supieran cómo quedé embarazada?

–No, no. Selena no quería que mi madre supiera nada sobre nuestros problemas para concebir un hijo. No quería que la vieran como un fracaso.

–Pero eso es absurdo. No tener hijos no es un fracaso.

–Mi mujer lo pensaba –Maximo se detuvo un momento–. Mi madre nos presentó porque, en su opinión, Selena era perfecta para mí. Su familia era muy conocida y ella era una mujer bellísima, culta y llena de talento. Según mi madre, sería una princesa maravillosa y una madre perfecta.

–Entiendo que no quieras contárselo a nadie, no te preocupes. Tampoco yo quiero hacerlo público.

La expresión de Maximo cuando hablaba de Selena era tan triste que se le encogía el corazón. No debería querer consolarlo, pero así era. ¿Sería porque estaba embarazada de su hijo? Tenía que ser por eso, pensó. Era como si, en cierto modo, Maximo fuese parte de ella.

Pero no quería sentir nada por él.

La llevó a un comedor pequeño que parecía el de una casa normal. Una casa muy lujosa, desde luego, pero al menos no daba miedo como el comedor que acababan de dejar atrás. Allí sí podía imaginar a un niño tomando leche con galletas y pintando con rotuladores. ¿Sería rubio como ella o moreno como su padre? Pensar eso hizo que se le encogiera el corazón; la imagen de una familia, su familia, más cercana y emotiva de lo que hubiera podido imaginar.

Había imaginado muchas veces a su hijo, pero las imágenes habían cambiado de repente y ahora no podía imaginarlo sin las facciones de su padre.

–¿Quieres comer algo especial? –le preguntó él.

Era tan guapo... la luz de la lámpara hacía que sus pómulos pareciesen más prominentes, su mandíbula más cuadrada. Era tan guapo que le dolía mirarlo. Ésa era una expresión que no había entendido nunca... hasta ese momento. Nunca había tenido sentido para ella que el aspecto físico de alguien pudiera doler, pero así era. Porque mirarlo la llenaba de un anhelo desconocido.

–Me da igual. En serio, ahora mismo cualquier cosa me da asco, así que da igual.

–Entonces pediré que nos traigan lo que le han servido a mis padres.

Cinco minutos después entraba una empleada empujando un carrito con varias bandejas, pero Alison tomó primero la botella de ginger ale para calmar sus náuseas.

–Tienes que comer –dijo él–. Estás demasiado delgada.

–No estoy demasiado delgada. El ginecólogo me ha dicho que estoy perfectamente sana.

–Bueno, pero no deberías adelgazar más –Maximo se levantó para destapar las bandejas. En una de ellas había pasta marinara y en la otra un magnífico pollo asado, pero ver el pollo le produjo náuseas.

–No, no, puede que tome un poco de pasta.

–Muy bien.

–¿Tu mujer hacía una dieta especial? –Alison lamentó enseguida haberlo preguntado. Normalmente era muy prudente, pero estando con Maximo parecía olvidarse de todo.

–Tomaba vitaminas –contestó él–. Cosas de herbolario y alimentos que, supuestamente, aumentaban la fertilidad.

–Entonces, de verdad quería ser madre.

–Sí, desde luego. Probamos el método de fertilización artificial tres veces, pero no tuvimos éxito. Había recibido el último resultado negativo unas horas antes de morir.

Alison puso una mano sobre la suya en un gesto de consuelo. Su piel era cálida, el vello que la cubría, muy suave. Nunca habría imaginado que el vello corporal pudiera ser sexy, pero el suyo lo era. Le recordaba que era un hombre y ella una mujer. Una mujer que iba a casarse con él.

Alison apartó la mano. Su corazón latía con fuerza y sentía un cosquilleo nuevo entre las piernas, algo que no había sentido nunca.

Nerviosa, se levantó de la silla para poner distancia entre lo dos. ¿Qué tenía aquel hombre que le robaba la capacidad de pensar racionalmente? Estar a su lado, tocarlo, parecía convertirla en otra persona.

–Estoy cansada –logró decir–. Me voy a la cama.

Maximo esbozó una sonrisa.

–Estás decidida a luchar contra lo que hay entre nosotros.

–No es esto lo que quiero, Max –murmuró ella.

–¿Por qué? ¿Alguien te hizo daño?

–No, no. Pero no puedo... no me pidas que haga esto.

–Yo nunca te forzaría a nada.

Alison lo sabía. No tenía ninguna duda al respecto, pero ése no era el problema. El problema era que lo haría por voluntad propia. Sólo tenía que tocarla o besarla y olvidaba las razones por las que no debía mantener una relación con él.

Maximo y ella iban a casarse para darle una familia a su hijo. Se habían comprometido a estar juntos durante al menos los próximos dieciocho años. Ya dependía de él en cierto modo debido a su particular situación como príncipe de Turan y añadir sentimientos, y sexo, tenía el potencial de destruirla.

—Estoy cansada.

—Descansa —dijo Maximo con voz ronca—. Mañana anunciaremos al mundo nuestro compromiso.

Capítulo 6

ALISON hizo una mueca cuando el corsé del vestido se clavó en su costado. Hacía calor, mucho calor. Y la humedad era altísima, el ambiente cargado aumentando las náuseas que se habían convertido en sus constantes compañeras.

La empleada que estaba ayudándola a vestirse le había dicho que el anuncio del compromiso era una ocasión formal y tendría que llevar un vestido adecuado. De modo que allí estaba, maquillada y embutida en un corsé, esperando tras una cortina roja el momento de salir al balcón con Maximo para anunciar su compromiso a las cámaras de televisión y a la gente que esperaba abajo.

Porque no eran sólo los ciudadanos de Turan los que estaban mirando, sino el mundo entero. Maximo era un hombre carismático y popular en su país y fuera de él y a su boda acudirían personajes de todas partes del mundo.

Nada de presiones, pensó, irónica.

Respirando profundamente, intentó no ver que sus pechos parecían querer escapar del escote imperio del vestido azul con manguitas farol. Supuestamente, debería ser pudoroso. Y podría haberlo sido si ella no estuviese tan generosamente dotada.

Podía oír a Maximo en el balcón, al otro lado de la cortina, hablando con su gente en italiano. Si había un sonido más sexy en el mundo, ella no lo había escuchado nunca. Era un gran comunicador, tenía carisma; la clase de líder que inspiraba y que necesitaba su país.

Alison se irguió y tuvo que contener una exclamación cuando el corsé se clavó de nuevo en su costado. Estaba haciendo lo que debía hacer, se decía a sí misma. Maximo sería un buen ejemplo y un padre maravilloso. Aquél era el legado de su hijo y no pensaba privarle de ello.

Luigi, el hombre que coordinaba los eventos de la familia real, apartó a un lado la cortina, con cuidado para no ser visto, y Alison dio un paso adelante, con el corazón en un puño.

El vibrante océano de gente que esperaba abajo hizo que se marease. Pero intentó sonreír, como le habían pedido que hiciera, y ocupó su puesto al lado de Maximo, que le pasó un brazo por la cintura. Su padre, que estaba al lado de la reina, se colocó frente al micrófono para decir algo... y la gente lanzó una exclamación.

Maximo se volvió hacia ella y acarició su mejilla con el dorso de la mano, su expresión seria pero amable. Y luego inclinó la cabeza y la besó en los labios.

Alison no había esperado un gesto cariñoso y su

corazón empezó a latir con tal fuerza que temía que los micrófonos lo recogiesen.

No podía dejar de mirar a su futuro marido. Estaba tan guapo con aquel traje oscuro que acentuaba su ancha espalda. En la pechera de la chaqueta llevaba varias medallas y en una de ellas pudo leer en latín: *El deber hacia Dios y hacia mi país.*

De repente, Alison sintió que su corazón se hinchaba de orgullo. Se sentía orgullosa de estar a su lado. Orgullosa de que aquel hombre fuera el padre de su hijo porque era una persona cabal que asumía las responsabilidades, un hombre de honor. Maximo era la clase de hombre que se enfrentaba cara a cara con los retos y, si había alguna posibilidad de que su hijo se viera afectado de fibrosis quística, se enfrentaría valientemente con ello, de eso no tenía duda.

–Saluda a tu gente –murmuró él. Nerviosa, Alison levantó la mano para hacer el saludo que le habían enseñado y que fue recibido con otra ola de exclamaciones–. *Bene* –dijo Maximo, rozando su oreja con los labios.

Ese simple roce desató un incendio en su interior, algo desconocido para ella. Maximo estaba siendo tan atento porque estaban en público, no significaba nada para él. Y, sin embargo, a su cuerpo no parecía importarle. Alison sintió que se le doblaban las rodillas y se apoyó en el sólido cuerpo masculino, pensando lo fácil que sería apoyarse en él para siempre.

La fuerza de esos sentimientos la asombraba.

No debería sentir aquello. Afortunadamente, unos segundos después Luigi les hizo un gesto y volvieron al interior del palacio, dejando que el rey siguiera dando un discurso a la multitud.

—Lo has hecho muy bien —la felicitó Maximo.

—Una sonrisa y un saludo —Alison se encogió de hombros—. No es muy impresionante.

—Cuando una mujer es tan guapa como tú, eso es todo lo que hace falta. Les has gustado.

—Es el vestido.

—Es un vestido precioso, sí —los ojos de Maximo se deslizaron por su cuerpo.

Por una vez, tal inspección no la hizo temer lo que pasaría si se entregaba a un hombre, al contrario. No eran nervios lo que hizo que se apartase, sino un miedo muy diferente: miedo a la atracción que sentía por él, al abrumador deseo de estar entre sus brazos.

—Eres preciosa —siguió Maximo, acariciando su mejilla.

La cortina fue apartada en ese momento y el rey volvió al salón.

—Ya está hecho. La boda tendrá lugar en ocho semanas —anunció Luciano, volviéndose hacia Maximo para decirle algo en su idioma.

Y Alison vio que sus mejillas se habían oscurecido.

—Sí, estoy seguro —contestó.

—Me alegro —el rey le dio una palmadita en la espalda antes de volverse hacia Alison—. Intenta hacerle feliz.

Luciano y Elisabetta salieron del salón, deján-
dolos solos.

–¿Qué te ha dicho?

–No tiene importancia.

–Pero te has enfadado.

–Me ha preguntado si estaba absolutamente seguro de que el hijo que esperas es hijo mío.

Eso le dolió un poco. Pero el rey no sabía nada
de su relación y debía imaginar que Maximo y ella
acababan de conocerse. Era lógico que sospechara.

–Bueno, en realidad no podemos estar seguros
del todo. Y si en el laboratorio se equivocaron al
pensar que habían utilizado tu muestra, no tendrías
que pasar por todo esto... –al ver que se ponía pálido, Alison se mordió los labios, contrita–. Lo
siento, no quería decir eso.

–Para mí no es un problema casarme contigo.
Quiero ese hijo –dijo él–. Además, este matrimonio no cambiará muchas cosas para ti, sólo el país
en el que vives.

–Bueno, me alegra saber que no me consideras
un problema.

–No, en absoluto. He estado casado y no busco
ese tipo de relación otra vez.

Sin decir una palabra más, Maximo salió del salón, dejándola boquiabierta.

Había sido él quien insistió en que se casaran,
él quien decía querer un matrimonio normal. Alison creía que era el recuerdo de su mujer lo que
había evitado que volviera a casarse, pero ya no estaba tan segura.

¿Y por qué le importaba? Maximo no iba a ser su marido en el sentido estricto de la palabra. Sería su amigo, su aliado. Criarían juntos a su hijo durante el día y, por las noches, él le calentaría la cama a alguna rubia de metro ochenta. Y ella se iría a la suya sola. Aunque, si era sincera consigo misma, eso no sonaba muy apetecible.

–¡Esto es genial! –Isabella no había dejado de hablar desde que subieron a la limusina–. Mi madre nunca me deja ir de compras.

–¿Ah, no? –Alison no podía ni imaginar que la controlasen hasta ese punto. La mera idea hacía que sintiera claustrofobia–. ¿Y no se enfadará si descubre que has ido conmigo?

Isabella iba a ayudarla a comprar un vestuario digno de una princesa, pero había pensado que estaba allí porque Max se lo había pedido.

–No lo sé –le confesó la joven.

–¿Por qué no te dejan ir de compras?

–Porque ir de compras no es una habilidad necesaria para la futura esposa de un jeque.

–¿Estás prometida? –exclamó Alison.

–Más o menos. Es un matrimonio arreglado por mis padres.

–¿Lo dices en serio?

Le parecía terrible que aquella chica tan joven tuviera que casarse con un hombre del que no estaba enamorada... claro que ella iba a hacer lo mismo. Pero lo suyo era diferente. Estaba claro que Isabella era una romántica y ella nunca había imaginado que se casaría por amor. Además, Max era un hombre decente, bueno y guapo y sería una suerte para cualquier mujer casarse con él.

¿Cuándo había empezado a pensar así?, se preguntó. Era ridículo. Lo había conocido dos días antes y sólo iba a casarse con él porque era lo mejor para su hijo.

–Yo creo que tengo derecho a vivir un poco antes de dejarlo todo en nombre del deber y el honor. Sólo quiero hacer algo que me apetece –dijo Isabella, respirando profundamente–. Pero los matrimonios concertados son normales en nuestra familia. Bueno, salvo la tuya con Max, claro.

–¿El matrimonio de Max y Selena fue un matrimonio concertado?

–No, pero mi madre presionó un poco a mi hermano. Conoció a Selena después de uno de sus recitales. Era cantante de opera.

–Sí, lo sé.

–Mis padres querían que Max sentara la cabeza y tuviera hijos, así que lo presionaron para que saliese con ella. Pero yo sé que mi hermano estaba enamorado. Al contrario que yo –Isabella suspiró–. Yo ni siquiera conozco a mi prometido.

Alison apenas escuchaba lo que decía porque estaba procesando la información que acababa de recibir. Era lógico que Maximo viera el matrimonio de forma tan pragmática. Hasta ese momento creía que se había casado por amor, pero empezaba a sospechar que su matrimonio con Selena no había sido perfecto. Podía verlo en la tensión de su rostro cuando hablaba de su difunta esposa. Claro que había habido mucha tensión en la pareja y tal vez era natural que la relación se hubiera resentido.

Pero no entendía por qué le parecía tan importante. Cuanto más conocía a Max como persona, más quería saber sobre él. Quería... entenderlo. Y eso era normal. Al fin y al cabo, era el padre de su hijo.

La limusina se detuvo en una calle llena de tiendas de famosos diseñadores. Había muchas mujeres elegantemente vestidas paseando o tomando café en las terrazas, tan sofisticadas como sus bolsos de marca.

—¡Alteza!

Tanto Isabella como Alison se volvieron al oír el grito. Un grupo de personas con cámaras y micrófonos corrían hacia la limusina...

—¿Es usted Alison Whitman, la prometida del príncipe? —le preguntó una mujer.

—¿Por qué van a casarse tan pronto?

—¿Le molesta no ser tan sofisticada como su primera esposa?

—¿Están enamorados?

Preguntas y más preguntas, algunas de lo más inapropiado, volaban en todas direcciones. Los paparazzi se acercaban cada vez más, acorralándolas contra la limusina.

—¡Apártense! —exclamó Alison, mientras Isabella abría la puerta.

—¡Vamos, arranque! —le gritó al conductor—. Uf,

ahora entiendo que mi madre no me deje salir de casa sola.

–Menudo susto.

No había pensado en aquello cuando se imaginó casada con Max y le daban ganas de echarse a llorar. Nada iba como ella esperaba. Vivir así era algo tan extraño que sólo ahora se daba cuenta de hasta qué punto estaba cambiando su vida para darle un padre a su hijo.

–Siempre era así para Max y Selena –le contó Isabella–. Los periodistas los perseguían por todas partes.

Alison no podía ni imaginar lo horrible que debía haber sido para ellos tener cámaras siguiéndolos a todas horas, gente especulando sobre sus vidas... y no estaba segura de que ella pudiera soportarlo.

Pero ahora era *su* vida.

Angustiada, se puso una mano sobre el estómago para calmarse un poco mientras Isabella sacaba el móvil del bolso.

–Max, los paparazzi nos han tendido una emboscada... Alison y yo estábamos de compras y... sí, sí, ella está bien y el niño también. Nos vemos enseguida –Isabella guardó el móvil en el bolso y se volvió para mirarla–. Está muy preocupado por ti.

Alison sintió que un vacío se abría dentro de ella, uno que deseaba llenar desesperadamente. Pero no sabía con qué quería llenarlo.

No, eso no era verdad. Empezaba a saber lo que era, pero le daba demasiado miedo. Todo parecía agobiarla: la realidad de su situación, los cambios que habría en su vida cuando se convirtiese en la princesa de Turan. Pero lo más aterrador era lo que empezaba a sentir por su futuro marido.

Cuando llegaron al palacio, Maximo estaba paseando por el enorme vestíbulo con expresión airada.

—Ha sido muy inmaduro y muy irresponsable por tu parte, Isabella —regañó a su hermana—. Podría haberos pasado algo.

—¡Yo no sabía que iban a seguirnos! —protestó ella—. ¿Cómo iba a saberlo? Nunca me dejan ir a ningún sitio.

Maximo suspiró, intentando calmarse.

—¿Has reconocido a alguno de los paparazzi? Si tuviera los nombres, me encargaría de que los responsables fuesen a la cárcel.

—No, no los conozco.

—Sólo estaban haciendo su trabajo, Max —intervino Alison—. No hay necesidad de meter a nadie en la cárcel. Estamos bien... nos hemos dado un susto, pero nada más.

—Yo no tolero ese tipo de prensa amarillista en mi país —replicó él—. Si un fotógrafo quiere una fotografía, me parece bien, pero no hay necesidad de perseguir a dos mujeres por la calle. Que quisieran haceros daño o no, no es el asunto, la cuestión es que podrían haberos hecho daño.

Alison puso una mano sobre su brazo para calmarlo.

—Estamos bien y el niño también.

—Nos vamos —dijo él entonces, dando órdenes en italiano a dos hombres que esperaban discretamente en la puerta. Después, se volvió hacia ella con expresión decidida—: Ve a hacer las maletas, *cara mia*. Empezaremos nuestra luna de miel antes de tiempo.

Capítulo 7

EL VUELO a la isla de Maris fue tan corto que aterrizaron sólo diez minutos después de despegar. La isla era menos montañosa que Turan, con playas de arena blanca que terminaban en grandes campos de olivos.

Y no había ningún coche esperándolos cuando bajaron de la avioneta.

Maximo había ido hablando por el móvil todo el tiempo y Alison... Alison estaba nerviosa y emocionada. No. Sólo nerviosa ante la idea de estar a solas con él en un sitio tan aislado y tan romántico.

—Lo de la luna de miel era una broma, ¿verdad?

Él se volvió para mirarla, sus ojos oscuros tan ardientes que tuvo que tragar saliva.

—Prometí no forzarte a nada, pero eso no incluye intentar seducirte.

El estómago de Alison dio un vuelco y, como las náuseas empezaban a pasar, no podía culpar al embarazo.

—Bueno, eso no... tú no... no quiero que digas esas cosas.

Maximo se inclinó hacia ella.

—¿Qué te dije sobre los retos?

–Yo... –Alison no podía apartar la mirada y tampoco pudo evitar acercarse un poco más...

Pero él se apartó bruscamente, como si no hubiera ocurrido nada.

–La casa está muy cerca, al final de ese campo de olivos.

Un minuto después, llegaban a una bonita casa de tejado español con entrada de piedra y una fuente circular en el centro del patio.

–¡Es preciosa! –exclamó Alison.

Pero no podía dejar de pensar que a Selena le habría encantado aquel sitio. No había carreteras, ni ruidos de ningún tipo; sólo el jardín y el mar. Era el escape perfecto para una pareja enamorada que quisiera pasar unos días a solas, hablando, riendo, haciendo el amor.

–Selena nunca estuvo aquí.

A veces era como si pudiera leer sus pensamientos. Y, dado el tenor de sus pensamientos, la idea era inquietante.

–Puedo ver tus pensamientos reflejados en tu cara. Aunque no entiendo por qué te preocupa tanto mi difunta esposa.

–Tal vez porque voy a tener lo que ella quiso tener y no pudo –le confesó Alison–. Estoy en este sitio, embarazada de tu hijo, pero soy la mujer equivocada.

Maximo la tomó por la cintura para llevarla hasta un banco de piedra a la sombra de un árbol.

–*Cara*, no sé qué nos habría deparado el futuro si mi mujer no hubiese muerto, pero yo no pienso en ese niño como hijo de Selena. Es nuestro hijo, tuyo y mío.

–Te lo agradezco.

–No puedo lamentarlo, Alison. No lamento que estés embarazada de mi hijo, de nuestro hijo. En realidad, es un sueño para mí, uno que pensé que jamás se haría realidad. Tú me has devuelto la esperanza y sólo puedo estarle agradecido a ese error del laboratorio. Sin él, no tendría la oportunidad de ser padre.

Maximo puso una mano sobre su vientre y Alison disfrutó del calor y la ligera presión. Le importaba aquel hombre, lo respetaba y se alegraba de que fuera el padre de su hijo.

–Empecé a construir esta casa antes de su muerte –siguió él–. Pero a Selena no le gustaba la isla y nunca quiso venir. Yo esperaba que fuese el hogar familiar, pero ella prefería la ciudad.

–Siento mucho que muriese. Debiste de sufrir mucho.

Maximo apartó la mirada.

–La perdí antes del accidente. Selena era muy infeliz... ser una princesa le exigía mucho más de lo que ella había anticipado.

–Pero te tenía a ti.

–A veces. Debido a mi trabajo, yo tenía que viajar muy a menudo y Selena no quería tener que trasladarse continuamente. Quería a alguien que la entretuviese, que estuviera a su lado y cuidase de ella. No era una mujer independiente como tú –Maximo la miró entonces con una sonrisa en los labios–. No era culpa suya ser tan infeliz.

Alison no podía entender por qué había sido infeliz con Maximo, un hombre tan interesante. A ella le gustaba todo de él: su olor, el calor de su cuerpo, el tono de su voz, cómo tocaba su vientre con ese gesto de reverencia. Estar con él la hacía sentir segura, feliz y protegida como no recordaba haber sido protegida por nadie.

Pensar eso la sorprendió tanto que se levantó del banco. Estaba empezando a necesitarlo demasiado. Incluso sin sexo y sin amor se le había metido en la piel. Sí, Maximo era un buen hombre, pero también un arrogante que esperaba que hiciese todo lo que él quería. Pensaba que el matrimonio era la única opción y, naturalmente, esperaba que ella lo viese del mismo modo. Y quince minutos después de anunciar que se iban de luna de miel, Alison se había encontrado en el interior de una avioneta.

Era demasiado fácil olvidar todo eso cuando se ponía encantador y sonreía de esa forma tan sexy. Pero no iba a dejar que le hiciera eso, era demasiado peligroso.

—Hace mucho calor. Prefiero entrar en la casa, si no te importa.

Maximo no sabía qué había provocado el repentino cambio. Un minuto antes se mostraba tan dulce y, de repente, se portaba como si la molestase estar cerca de él.

La deseaba. Había sido totalmente sincero sobre su intención de seducirla. Tenía intención de hacer que esa luna de miel fuese una luna de miel en todos los sentidos. Soñaba con ella por las noches y permanecía despierto durante horas, imaginándola en su habitación, su preciosa boca entreabierta, suspirando mientras él se enterraba en su cuerpo...

Su deseo por ella era tan fuerte, tan intenso, que le dolía. Aquel sentimiento, aquella pasión abrumadora no se parecía a nada que hubiese experimentado nunca. Pero Alison no se parecía nada a Selena y lo agradecía. Ella era independiente y cuando se enfadaba, como parecía estarlo en aquel momento, se lo hacía saber.

Selena había sido tan delicada que necesitaba su protección y su apoyo a todas horas. Y él le había fallado de manera espectacular. Al final, se había apartado por completo y él no había sabido llegar a ella, no había sabido evitarle el dolor.

Al menos, con Alison sería diferente y el final de su matrimonio no volvería a repetirse. Alison no se aferraría a él, no esperaría que resolviera sus problemas para luego culparlo por todo lo que iba mal.

Maximo apretó los labios. Le remordía la conciencia pensar así de su difunta esposa. Sí, Selena había sido difícil a veces, pero ¿no era su obligación ayudarla, apoyarla? Aunque fuese más difícil de lo que había esperado, era su obligación hacerla feliz. Y había fracasado.

Pero con Alison no pasaría eso. Alison no quería un matrimonio de verdad y tampoco lo quería él. Tenían eso en común. Y, quisiera admitirlo o no, compartían una atracción.

De modo que se levantó para entrar en la casa,

intentando olvidar el pasado mientras observaba el suave movimiento de sus caderas.

Sí, iba a disfrutar mucho seduciendo a su prometida.

Maximo estaba en su estudio, dándole a Alison la oportunidad de dormir un rato porque necesitaba descansar. Eso era lo que se repetía a sí mismo cada vez que su cuerpo le exigía que fuese a buscarla inmediatamente para comenzar su plan de seducción.

Llevaba un par de horas intentando concentrarse en el trabajo, no en la mujer que dormía al final del pasillo, pero no servía de nada. Su deseo por Alison iba consumiéndolo lentamente, un deseo casi primitivo del que no era capaz de librarse.

Estaba a punto de salir al jardín para aclarar sus ideas cuando sonó su móvil. Era su médico, para darle los resultados de las pruebas.

La llamada duró un minuto y en ese minuto su vida cambió por completo.

Capítulo 8

MAXIMO abrió la puerta del dormitorio de Alison sin llamar siquiera. Ella estaba dormida y su belleza le robó el aliento. Se sentía como un hombre hambriento, desesperado.

—Alison —murmuró, sentándose al borde de la cama–. Alison... —repitió, apartando el pelo de su cara. Ella parpadeó varias veces, un femenino suspiro escapando de sus labios–. Vamos, despierta.

Alison se pasó una mano por los ojos, su cabello despeinado extendido sobre la almohada.

Nunca había visto una mujer más bella, pensó.

—¿Max? —lo llamó por fin, con una voz ronca de sueño.

Y era lo más excitante que Maximo había escuchado en toda su vida.

—Ha llamado mi doctora.

Eso pareció despertarla del todo.

—¿Y qué ha dicho?

—Que no soy portador. No hay ninguna posibilidad de que nuestro hijo padezca fibrosis quística.

Un sollozo escapó de la garganta de Alison y

Maximo la abrazó, dejando que aliviase la tensión hasta que su cuello estuvo húmedo de lágrimas.

—Tenía tanto miedo —musitó ella—. Pensé que... yo no quería ver morir a nuestro hijo, Max.

—No tendrás que hacerlo.

—Mi hermana era tan joven cuando murió. Fue horrible ver cómo se iba debilitando poco a poco... no habría podido pasar por eso otra vez.

Maximo asintió con la cabeza. Le dolía el corazón por ella; el dolor tan real que lo sintió hasta en los huesos.

—No sabía que hubieras pasado por algo así.

—Por eso era tan importante que te hicieras esa prueba. Tenía que prepararme. Bueno, no sé si hay alguna forma de prepararse para eso, pero saber que no lo eres... qué alivio, Dios mío.

Alison se echó hacia atrás para secarse las lágrimas con el dorso de la mano. Tenía la nariz roja, los ojos hinchados y aun así la deseaba tanto que no podía apartarse.

—No podríamos querer a este niño más de lo que lo queremos, pero me alegro mucho de que todo vaya a ir bien.

—Yo también.

Alison acarició su cara y el roce le provocó un escalofrío. No debería haber nada erótico en esa caricia, pero con aquella mujer, cualquier gesto, cualquier mirada, parecían cargados de sensualidad.

Sus bocas estaban tan cerca que un simple movimiento los uniría, pero quería que fuese ella quien diera el primer paso.

–Max, no sé lo que estoy haciendo pero no puedo parar –susurró, su aliento cálido y dulce.

Alison puso los labios sobre los suyos de manera tentativa, casi tímida. Le parecía raro porque ella no era una persona tímida y, sin embargo, besaba como si fuera una cría inocente.

Cuando la punta de su lengua rozó su labio inferior, Maximo perdió el control y, dejando escapar un rugido de deseo, la besó apasionadamente, su femenino suspiro de placer excitándolo como nunca.

Despacio, la empujó sobre la cama sin dejar de besarla. Pero llevaban demasiada ropa y la necesitaba desnuda para estar dentro de ella y purgar por fin el ansia que sentía.

Maximo acarició sus pechos, rozando los endurecidos pezones con los pulgares. Podría terminar sólo con tocarla, incluso por encima de la ropa. Nunca, ni siquiera cuando era un adolescente, una mujer había puesto a prueba su autocontrol de esa forma.

–Espera –Alison se apartó para mirarlo a los ojos–. Yo no... no puedo... –empezó a decir, con la respiración entrecortada–. No puedo hacerlo.

–¿Por qué? –preguntó él, sorprendido–. Sé que tú también lo deseas.

–No, yo... lo siento. Es mejor que seamos amigos.

–¿Por qué?

–¿Qué pasaría si esto no funcionara? Entonces nuestro matrimonio acabaría en un amargo divorcio y tendríamos que llevar a nuestro hijo de una casa a otra. Pero si nuestra relación siguiera siendo platónica, todo sería más sencillo.

—Yo no tengo un problema con el compromiso. Cuando haga mis votos matrimoniales los haré de corazón. Si ves un divorcio en nuestro futuro, te aseguro que no seré yo quien lo instigue.

Alison se pasó una mano temblorosa por el pelo.

—Bueno, tampoco yo tengo intención de divorciarme pero el sexo siempre complica las cosas.

Maximo se levantó entonces, sin molestarse en disimular la erección que presionaba contra la cremallera de sus pantalones.

—Las cosas ya se han complicado porque nos sentimos atraídos el uno por el otro. El sexo serviría para aliviar la tensión.

Después de decir eso salió del dormitorio y Alison soltó una palabrota. ¿Por qué había hecho eso? ¿Por qué lo había besado como una maníaca del sexo?

¿Y por qué le había parado los pies?

Ésa era la pregunta que le hacía su cuerpo. Estaba loca por él y sus besos le habían robado el control. Pero había querido perder el control y olvidarse de todo entre sus brazos.

Y, al final, eso hizo que volviese a la realidad. Sus sentimientos por él iban más allá del simple deseo y no podía lidiar con algo así.

No quería enamorarse. Maximo le gustaba demasiado y, si se dejaba llevar, ¿qué evitaría que cayese hasta el fondo? Nada. Ya estaba peligrosamente cerca de enamorarse.

Cuando le contó que la prueba había dado resultado negativo se emocionó de tal forma que había sido muy fácil creer que su relación era real, que eran una pareja de verdad y se apoyaban el uno al otro.

Pero eso no era verdad. Eran dos extraños que estaban juntos debido a una situación irreal. Él tenía su vida, ella tenía la suya y su hijo era lo único que los unía.

Maximo había dicho que no se divorciaría de ella y tal vez hablaba en serio. Y sabía también que nunca abandonaría a su hijo.

Le había sido fiel a Selena, pero a ella la había amado. Sin amor, ¿cómo iba a mantenerlo interesado? Maximo podría salir con cualquier mujer.

No, ella no iba a pasar por eso.

Y si tenía que pasar el resto de sus días sintiéndose físicamente insatisfecha, estaba dispuesta a pagar ese precio para evitar que le rompiese el corazón.

Durante las siguientes tres semanas, Maximo rompió su promesa porque no intentó seducirla. Y una parte pequeña y confusa de Alison se sentía decepcionada.

Tanto que permanecía despierta por las noches, ardiendo de deseo, recordando sus encuentros con él.... y añadiendo más cosas.

En su mente, no habían parado el día que recibieron el resultado de la prueba. No, en sus fantasías había seguido besándolo mientras le quitaba la camisa para ver su preciosa piel morena y Maximo desabrochaba su sujetador e inclinaba la cabeza para besar sus pechos...

Alison cerró el ordenador y se levantó abruptamente. Tenía que dejar de pensar esas cosas. Por eso se había puesto a trabajar, para olvidarse de él. Maximo le había regalado el ordenador para que se pusiera en contacto con la fundación de lucha contra la fibrosis quística y trabajar era mejor que estar de brazos cruzados.

Además del ordenador, y el presupuesto que necesitase para abrir una oficina de la fundación en Turan, le había permitido usar una de las habitaciones como despacho. Las ventanas daban al mar y el suave movimiento de las olas aliviaba su estrés... aunque no podía evitar el deseo que se la comía por dentro cada vez que pensaba en Maximo.

Era tan desesperante que empezaba a preguntarse por qué se negaba a sí misma lo que tanto deseaba.

Por miedo a ser abandonada, a que le rompiera el corazón, a perder su valiosa independencia.

Su lado práctico le recordaba todas esas cosas. Era la su parte lujuriosa la que quería olvidarlo.

Afortunadamente, las náuseas matinales empezaban a desaparecer. Aunque no encontrase alivio para la perpetua excitación que sentía, al menos no se pasaba las mañanas vomitando en el baño.

Maximo se había portado muy bien desde que llegaron a la isla, mostrándose amable y atento con ella. Estaba haciendo el papel de prometido cariñoso pero platónico a la perfección. Era como si lo hiciera a propósito.

Alison se estiró, intentando relajarse. Pero sentía como una revolución interior.

Lo que necesitaba era hacer ejercicio, se dijo. Se sentía tan mal desde que quedó embarazada que no había vuelto al gimnasio. Tal vez por eso se sentía tan inquieta. Tenía que liberar energía y era demasiado fácil imaginar maneras en las que Maximo y ella podrían hacerlo.

Tal vez lo que necesitaba era respirar un poco de aire fresco. Sí, estar recluida en la casa parecía robarle el sentido común, de modo que fue a su habitación para buscar el biquini negro que Maximo le había comprado. Pero era pequeño, demasiado pequeño. No había suficiente tela para cubrir a un recién nacido y menos a una mujer de curvas pronunciadas como ella.

Sus pechos siempre habían sido un poco demasiado grandes para una chica de su estatura, pero ahora, con el embarazo, tenía un aspecto casi indecente.

Suspirando, tomó una toalla y se envolvió en ella para ir a la piscina que, afortunadamente, era una zona rodeada de árboles lo bastante altos como para protegerla de miradas curiosas.

Una vez en el agua, empezó a nadar con todas sus fuerzas para quemar energía y olvidarse de Maximo, aunque fuese por un momento.

Cuando llegó al otro lado de la piscina se agarró al borde de cemento...

–Nadas muy bien.

Alison se volvió, intentando disimular un escalofrío. ¿Esa voz no dejaría nunca de afectarla? ¿Nunca encontraría aburrida la presencia de Maximo?

¿Pero cómo iba a encontrar aburrido a un hombre como él?, se preguntó, admirando las musculosas piernas bajo el pantalón corto.

–Gracias –dijo a toda prisa, dirigiéndose a la escalerilla–. Estaba en el equipo de natación del instituto.

–¿Ah, sí?

–Sí, y era muy buena.

Alison salió del agua y tomó la toalla a toda prisa para ocultar el ridículo biquini.

Maximo era un hombre tan impresionante, todo músculo, con la cantidad perfecta de vello oscuro sobre esa piel dorada. Lo suficiente para recordarle que era un hombre. Como si necesitara recordatorios, pensó; lo que necesitaba era olvidarlo.

–¿Qué más hacías en el instituto?

–Muchas cosas –respondió ella, dejándose caer sobre una de las hamacas–. Pertenecía al club de debate, trabajaba en el periódico escolar... cualquier cosa para subir la nota.

–Y seguro que sacabas las mejores notas.

Alison se encogió de hombros.

–Era muy estudiosa, de modo que no sacar buenas notas habría sido un fracaso. Necesitaba la beca.

–¿Tus padres no tenían dinero? –Maximo cruzó los brazos sobre el pecho, el movimiento marcando sus bíceps.

–Cuando mi padre nos abandonó tuvimos graves problemas económicos. Mi madre no tenía medios ni ganas de ganarse la vida.

–¿Tu padre no os pasaba una pensión?

–Ni siquiera sabíamos dónde estaba. Se marchó un día y no volvió nunca más. No hemos sabido nada de él en quince años.

–Ah, lo siento. No tenía ni idea.

–Para mi madre fue aún más difícil. Kimberly murió, mi padre se marchó de casa... mi madre se derrumbó y estuvo a punto de hundirme con ella.

Maximo se sentó al borde de la hamaca para tomar su mano.

–¿Por eso eres tan independiente?

–Tenía que serlo. La gente no va a cuidar de ti, sólo cuidan de sí mismos. Pero logré sobrevivir.

–No hay ningún desdoro en aceptar la ayuda de los demás.

–¿Cuándo has aceptado tú ayuda de alguien?

Maximo esbozó una sonrisa.

–No me acuerdo.

–Pues eso.

–Pero algunas personas necesitan ayuda más que otras –dijo él.

–Hay gente que no quiere dejarse ayudar, prefieren hundirse.

–¿Eso es lo que crees que hizo tu madre?

–Sí, eso es lo que creo. No puedes destrozar tu

vida y la de tus hijos porque alguien te haya dejado. No es bueno depender de alguien. Te acostumbras tanto a apoyarte en los otros que te vuelves débil y cuando se marchan, cuando te fallan, no puedes seguir adelante. Y todo el mundo falla tarde o temprano.

–Sí, lo sé –asintió él, con expresión seria–. Y la pérdida es irreparable.

–Por eso yo no quiero necesitar a nadie.

–Y sin embargo hay algo en ti... –Maximo se puso su mano sobre el corazón–. Algo me dice que necesitas tanta ayuda como yo.

Alison contuvo el aliento. No podía negarlo porque su cuerpo estaba ardiendo, su corazón latiendo al mismo ritmo que el de él, sus pezones endureciéndose por el contacto.

–Por eso no podemos... –empezó a decir, casi sin voz.

–¿Y crees que negándolo harás que desaparezca? ¿Ha desaparecido en estas tres semanas? Porque yo sueño contigo todas las noches. Sueño con hacerte el amor, con tocarte, con perderme dentro de ti.

Alison sabía que sus mejillas estaban coloradas y no era de vergüenza. Bueno, no sólo de vergüenza, aunque la franca descripción de lo que quería hacerle era sorprendente para ella. No, el calor que sentía en las mejillas era de deseo.

Maximo se echó un poco hacia delante para buscar su boca y cuando abrió sus labios con la lengua Alison se rindió, echándole los brazos al cuello.

Sin dejar de besarla, desató las cintas que suje-
taban el biquini y, antes de que se diera cuenta de
lo que estaba pasando, sus pechos estaban desnudos.

Alison se arqueó hacia él y la fricción con el vello de su torso envió una ola de sensaciones por
todo su cuerpo, haciendo que sus músculos internos se contrajesen. Pero sabía que, aunque la llevase al orgasmo, no iba a satisfacerla. No, no estaría satisfecha hasta que sus cuerpos estuvieran
unidos del todo, hasta que llenase ese vacío.

Maximo inclinó la cabeza para meterse en la
boca un rosado pezón, su lengua rozando la sensible punta, y Alison echó la cabeza hacia atrás, dejando escapar un suspiro que parecía salir de su
alma. No le importaba nada salvo aquel hombre,
sus caricias, su perversa boca haciéndole esas cosas maravillosas y tan sorprendentes.

–Eres preciosa –dijo él con voz ronca, mientras
besaba sus pechos, su cuello, su estómago.

Alison estaba tan encendida que había perdido
el control por completo. No podía pensar en nada
más que en besarlo. ¿Habría sido así con cualquier
otro hombre? ¿Si le hubiese dado la oportunidad
a otro, también la habría encendido como Má-
ximo?

No, lo sabía de manera instintiva. No necesitaba
experiencia para saber que aquella atracción no era
como cualquier otra. Aquello era mucho más
fuerte, mucho más letal. Y ella estaba tomando
parte aun sabiendo lo peligroso que era.

Sintió la dura evidencia de su excitación rozando su muslo y movió la mano hacia abajo, apretándola suavemente con la palma.

Maximo dejó escapar una exclamación mientras capturaba su boca de nuevo, tan enardecido como ella. Antes, cuando se imaginaba haciendo el amor con un hombre, creía que iba a darle poder sobre ella. Pero de lo que no se había dado cuenta era del poder que podía tener sobre él.

De modo que movió la mano arriba y abajo. Parecía enorme y, sin embargo, no sentía miedo, sólo un escalofrío sensual que la hacía sentir mareada.

Como en sueños, Alison escuchó el sonido de un móvil y, a pesar de ello, siguió acariciándolo por encima del pantalón, el sonido incapaz de penetrar la niebla de deseo que anulaba su capacidad de pensar.

Fue Max quien se apartó de repente. Se acercó a la mesa donde había dejado el móvil y contestó en italiano, respirando agitadamente, la agresiva erección marcándose bajo los pantalones.

El corazón de Alison latía con fuerza, pero poco a poco fue volviendo a la realidad. Podía sentir el calor del sol en la espalda, la brisa del mar... oía a las gaviotas chillando mientras buscaban su presa.

Había estado a punto de hacer el amor con Maximo en el jardín y alguien del personal de servicio podría haberlos visto...

Nerviosa, cruzó los brazos sobre el pecho, avergonzada de su desnudez. Ya no se sentía sexy, se sentía desnuda, expuesta.

Después de ponerse la parte superior del biquini, que estaba en el suelo, se envolvió en la toalla y aprovechó que Maximo seguía hablando por teléfono para volver a la casa. No pensaba quedarse allí para analizar lo que había pasado.

Y no iba a arriesgarse a que él quisiera retomar lo que habían dejado a medias porque, a pesar de todo, no sabía si sería capaz de resistirse.

Capítulo 9

DESPUÉS de hablar con el propietario del casino, Maximo soltó una palabrota. No porque el problema fuera difícil de resolver, sino por el insatisfecho deseo que lo volvía loco.

No podía creer que hubiera estado a punto de hacer el amor con Alison en el jardín, con la tosquedad de un adolescente. Él nunca había perdido el control de ese modo... no, él siempre se había tomado su tiempo para seducir a una mujer. Selena no lo hubiese querido de otra forma y siempre había pasado al menos una hora excitándola, acariciándola, antes de llevar las cosas a su natural conclusión.

Pero con Alison no había habido música, ni velas, ni ambiente romántico. Había estado dispuesto a perderse en ella sin juegos previos. Maximo no conocía esa parte de sí mismo, una parte que sólo Alison parecía despertar.

Él era un hombre que se enorgullecía de su autocontrol y que siempre pensaba bien las cosas antes de hacerlas, pero su preciosa prometida, la mujer que esperaba un hijo suyo, le robaba la razón.

Era lo desconocido lo que hacía que su cuerpo respondiese de esa manera, tenía que ser eso. La había deseado desde el momento que la vio y desde entonces lo tenía embrujado. Pero era imposible que la realidad estuviese a la altura de su fantasía, era imposible.

Tenía que hacerle el amor para saber de una vez por todas cómo era su deseo por él, para saber cómo sería estar dentro de ella, para conocer sus suspiros de placer cuando la llevase al clímax. Y cuando el misterio estuviera resuelto, esa fascinación terminaría.

No podía esperar más. La deseaba y estaba seguro de que también Alison lo deseaba con la misma fuerza. Y no estaba dispuesto a que se lo negara por más tiempo.

Alison se quitó el cloro del pelo, deseando poder lavarse las caricias de Maximo de la misma forma. Pero no tuvo suerte. Ni siquiera el agua caliente era capaz de borrar la marca de sus besos, de sus manos.

Sin embargo, mientras se duchaba había decidido que no estaba avergonzada. Tenía derecho a sentir placer sexual si así lo deseaba... y lo deseaba. Pero se avergonzaba de que hubiera ocurrido en el jardín, donde cualquiera podría haberlos visto. Tal vez Maximo estaba acostumbrado a esas cosas. Sí, seguramente para él sería una simple anécdota divertida. Pero no lo era para ella porque no tenía experiencia y eso demostraba que Maximo no estaba a su alcance.

Aunque le avergonzaba admitirlo, había mirado en Google para saber algo de su vida y había visto las mujeres con las que solía salir. Incluso antes de su matrimonio con la bellísima Selena, parecía tener muy buen gusto eligiendo novias. Todas ellas modelos, actrices o chicas de la alta sociedad altas, delgadas y guapísimas que no huían de una atracción sexual como hacía ella.

Alison se dio cuenta entonces de que estaba apretando los puños y, lentamente, abrió las manos.

Ella nunca se había considerado una cobarde. Al contrario, siempre se había enorgullecido de lo valiente que era. Valiente y sensata. Lo bastante sensata como para protegerse a sí misma y no depender de nadie. Y valiente porque había aprendido a cuidar de sí misma y a conseguir lo que quería.

Pero no era verdad, tuvo que admitir por fin. Había cerrado esa parte de sí misma para no tener que lidiar con las complicaciones de una relación sentimental.

Se había negado la posibilidad de compartir su vida con otra persona, había aplastado su sexualidad felicitándose a sí misma por ser tan fuerte. Pero no era su fuerza lo que la había alejado de los hombres, era el miedo. Y reconocer eso era muy duro.

No era mucho mejor que su madre, pensó entonces. Se había alejado del mundo no por amargura como ella, sino para no acabar amargada, pero el resultado era el mismo. Su madre siempre había dicho que no se podía confiar en los hombres y ella había acabado creyéndolo. Y si no tenía cuidado, eso podría envenenarla para siempre.

Tenía que cambiar porque se había negado una parte de la vida.

Qué ironía, pensó. Siempre había temido lo que perder un amor podría hacerle y, sin embargo, se lo había hecho a sí misma.

No estaba preparada para lanzarse de cabeza a una historia de amor, pero tal vez debería saciar su deseo por Max. Aquellas mujeres de las fotografías, con las que había salido antes de casarse con Selena, sabían que el sexo no era amor. Lo sabían y no les importaba. No suprimían esa parte de sí mismas como había hecho ella durante tanto tiempo.

Siempre le había resultado fácil mostrarse distante y fría con los hombres porque nunca había deseado a ninguno como deseaba a Max. Alguna vez había experimentado cierta melancolía por no tener una relación, pero lo que sentía por Max era un ansia que la consumía, una chispa que se convertía en una llamarada cada vez que la miraba.

El hecho de que estuvieran prometidos cuando iban a tener un hijo era lo que la contenía. Si pudiese tener una simple aventura, una noche de pasión para exorcizar sus miedos, no le importaría acostarse con él.

Pero estaban prometidos, iban a casarse e iban a tener un hijo. Y ésos eran lazos permanentes.

Sin embargo, su cuerpo necesitaba el alivio que sólo Max podía darle y no sabía si podía seguir luchando. O si quería hacerlo...

Suspirando, entró en el vestidor, al otro lado de la habitación. Estaba lleno de ropa de diseño elegida por un comprador personal sin que ella estuviera presente ya que los paparazzi hacían imposible que fuese de compras. Todos los vestidos eran preciosos, y mucho más reveladores de lo que ella solía llevar.

Alison se detuvo frente a un vestido de color azul zafiro con cuello halter y falda de vuelo que llegaba por la rodilla. Era un vestido muy sexy... y perfecto.

Para no pensar más, lo sacó de la percha. No había sabido lo que planeaba hasta ese momento, pero aunque pensara que había sido una estupidez por la mañana, estaba decidida. Iba a seducir a Maximo.

La luz de las velas bañaba la piel de Alison, dándole un halo dorado. Y había mucha piel al descubierto. El vestido azul se pegaba a su cuerpo, destacando la curva de sus pechos, sus preciosos hombros, sus bien torneadas piernas. Cuando apartó una silla y ella se volvió para sentarse, no podía dejar de mirar su trasero.

La cena fue una tortura para él. Alison había saboreado cada plato, dejando escapar suspiros de gozo y pasándose la punta de la lengua por los labios. La deseaba más de lo que recordaba haber deseado nunca a una mujer. Y también Alison lo deseaba, estaba seguro. Sin embargo, algo la detenía, algo le impedía dar el paso final.

Desde luego, no besaba como alguien sin experiencia. Besaba como una mujer apasionada, una mujer que sabía lo que quería y lo que querría su amante. Y, sin embargo, parecía tomarse el sexo muy en serio. O, al menos, la posibilidad de que le rompiesen el corazón.

Pero Maximo sabía por experiencia que algunas mujeres no podían separar el sexo del amor. Tal vez la idea de acostarse con un hombre sencillamente porque lo deseaba era algo a lo que no estaba acostumbrada. Le había dicho que no quería mantener una relación sentimental con ningún hombre, pero no podía imaginar que de verdad quisiera vivir el resto de su vida sola. Era demasiado sexy, demasiado sensual para eso.

Maximo tuvo que contener un gemido cuando se llevó la cucharilla del postre a los labios para lamer un resto del chocolate, la punta rosada de su lengua tan provocativa que tuvo que tragar saliva. Era demasiado fácil imaginar esa lengua sobre su piel...

—¿Qué opinas sobre el amor? —le preguntó Alison de repente.

Él la miró, un poco sorprendido.

—He estado enamorado, pero no creo que pueda amar a ninguna otra mujer después de Selena. No quiero amar a nadie más —le confesó.

No porque estuviera atado a su recuerdo, sino

porque el sufrimiento al final de su matrimonio no había merecido la pena. Había perdido a Selena más de una vez y, al final, resultó imposible romper el muro impenetrable que había entre los dos. No había sido capaz de protegerla, de su dolor, de la muerte. Y no tenía el menor deseo de volver a pasar por eso.

—¿No crees que vayas a conocer a nadie más?

—Voy a casarme contigo, tú eres alguien más.

—¿Pero si te enamorases de otra mujer, me lo dirías?

—Eso no va a pasar.

—Pero si fuera así —insistió Alison—. ¿Me lo dirías? No quiero quedar en ridículo.

—Te lo diría —respondió Maximo por fin—. Te doy mi palabra de que, si tuviéramos una relación física, jamás te sería infiel.

—He estado pensando mucho sobre lo que pasó en la piscina —le confesó ella entonces.

Max tragó saliva, intentando disimular la tensión. Pero cuando lo miró a los ojos se dio cuenta de que estaba excitada y él más que dispuesto a aceptar su oferta.

—Quiero hacer el amor contigo —anunció Alison.

Si no hubiera visto el ligero temblor de sus manos, jamás se habría dado cuenta de que estaba nerviosa.

—Querías hacer el amor en la piscina y quisiste hacerlo aquel día en tu habitación. Incluso ese primer día en Turan, pero te apartaste.

—Lo sé, pero he tenido mucho tiempo para pensarlo –Alison se levantó de la silla y, cuando se inclinó hacia él, Max se quedó transfigurado por su belleza, por su piel de porcelana, por la curva de sus pechos bajo el vestido–. Te deseo –dijo entonces, buscando sus labios.

Maximo dejó que ella controlase el beso, que su lengua se moviera tentativamente por la comisura de sus labios. Cuando se apartó, los dos estaban jadeando.

–Confío en ti. Ahora estoy segura de eso.

–¿Y necesitas confiar en mí? –murmuró él, pasando los dedos por el suave cabello rubio.

–La atracción entre nosotros es muy fuerte... nunca había sentido nada así y me da miedo. Sigue dándome miedo, pero ahora sé que no vas a usarla contra mí.

–No voy a enamorarme de ti –le advirtió él, odiándose a sí mismo por tener que ser tan sincero.

–Lo sé. Tampoco yo voy a enamorarme de ti, pero quiero tu respeto. Quiero saber que no vas a jugar conmigo.

Max tomó su cara entre las manos.

–Te juro que nunca te dejaré. Y jamás te humillaré o te faltaré al respeto acostándome con otra mujer.

–Te creo –Alison se sentó sobre sus rodillas y le echó los brazos al cuello–. Te deseo como nunca había deseado a nadie –le confesó, mirándolo a los ojos.

–Yo también.

Maximo decidió demostrarle cuánto la deseaba

poniendo una de sus manos sobre su erección y, cuando ella la movió arriba y abajo con expresión sorprendida, no pudo evitar sentir una oleada de orgullo masculino.

—Creo que deberíamos ir a la habitación.

—¿Para qué? Este sitio está bien —dijo él, sin saber de dónde salía aquel deseo primitivo o cómo controlarlo.

—Podría venir alguien.

Maximo besó su cuello.

—No, ésta es una fiesta para dos personas —murmuró, mordiendo suavemente el lóbulo de su oreja.

Alison se levantó, su corazón latiendo salvajemente. Lo había hecho, se había decidido por fin. Lo deseaba y necesitaba aquello con una fuerza que la asustaba. No conocía aquella versión lasciva de sí misma, pero sentía como si pudiera hacer cualquier cosa con él, como si pudiera dejar que le hiciera cualquier cosa. Confiaba en Maximo por completo y la idea de hacerlo la excitaba.

Sabía que tenía mucha experiencia mientras ella no tenía ninguna, pero a su edad, después de haber sido examinada por varios ginecólogos y de la inseminación artificial, no creía que hubiese muchas barreras. Eso, unido a la experiencia de Maximo, seguramente evitaría cualquier incomodidad. Y con un poco de suerte, él no se daría cuenta.

Alison estuvo a punto de soltar una carcajada. Por supuesto que notaría su inexperiencia, pero eso ya no importaba.

Unos segundos después entraban en el dormitorio y Maximo cerraba la puerta.

–Alison... –murmuró, abrazándola.

Ella puso una mano sobre su torso, deslizándola por sus pectorales y sus abdominales. Nunca había explorado así el cuerpo de un hombre, nunca se había tomado su tiempo para apreciar las diferencias entre un cuerpo masculino y uno femenino.

Cuando se apoderó de su boca, Alison abrió los labios para recibir su lengua y él deslizó las manos por el sedoso material del vestido, tirando hacia arriba para acariciar su trasero... y dejando escapar un rugido al tocar la piel desnuda.

Sin decir nada, se arrodilló para quitárselo, su cálido aliento rozando su piel.

–Eres tan preciosa... –Max puso una mano sobre su estómago, su expresión tan reverente que la emocionó.

Pero enseguida se levantó de nuevo y Alison ni siquiera se dio cuenta de que estaban moviéndose hasta que sus piernas rozaron la cama. La empujó suavemente, su erección rozándola cuando se tumbó a su lado.

–Eres tan preciosa –repitió, tirando de la cinta que sujetaba el cuello del vestido y apartando la tela para besar sus pechos mientras ella cerraba los ojos. Podría quedarse así para siempre, con Maximo acariciándola.

Dejó escapar un suspiro de decepción cuando dejó de tocarlos, pero enseguida levantó el vestido para admirar su cuerpo desnudo. No le había dado vergüenza que viera sus pechos, pero tenerlo tan cerca de una parte que sólo habían visto los ginecólogos hizo que se pusiera colorada.

–Max... –estaba a punto de pedirle que apagase la luz, pero la cálida presión de sus labios la dejó sin palabras. Y cuando abrió sus piernas para pasar la lengua por el interior de sus muslos perdió la capacidad de vocalizar.

Intentaba recuperar el control, pero era imposible cuando sentía que estaba a punto de romperse en mil pedazos. Un gemido escapó de sus labios y tembló de arriba abajo mientras se acercaba al sitio donde se notaba húmeda. Ya no podía controlar nada; sentía como si hubiera caído de la tierra y estuviera flotando, como si nada la sujetase a la cama.

Se agarró a las sábanas, intentando concentrarse, intentando encontrar un gramo de cordura porque lo que la hacía sentir era aterrador.

–Déjate ir, Alison –murmuró él, besando su monte de Venus–. Quiero que pierdas el control.

Ella negó con la cabeza.

–No...

–Quiero que dejes de pensar, que sientas –Max rozó el sensible capullo escondido entre los rizos con la punta de la lengua antes de introducirla entre los pliegues–. Quiero que te corras para mí.

Siguió con su íntimo asalto, dándole placer con los labios y la lengua mientras musitaba cosas eróticas que Alison no había escuchado nunca. Luego, cuando introdujo un dedo en el estrecho pasaje, moviéndolo al ritmo de su lengua, un gemido escapó de su garganta.

–Eso es, cariño. Déjate ir, puedes hacerlo.

Alison sentía como si estuviera a punto de llegar a un sitio precioso y desconocido en aquella loca carrera y, por fin, abrió la boca para dejar escapar un grito mientras se arqueaba al sentir el orgasmo, sus músculos internos cerrándose alrededor del dedo de Maximo en olas de placer interminable.

Pero cuando todo terminó, se sintió un poco avergonzada.

–No –dijo él, mientras se quitaba la camisa–. No debes avergonzarte.

Alison lo miraba, como transfigurada. Pero cuando bajó los ojos hacia su erección, dura y gruesa, se olvidó de todo lo demás. ¿Cómo podía sentirse avergonzada cuando veía por sí misma cuánto afectaba a Maximo? Viéndolo así, no pudo evitar sentir una punzada de orgullo femenino.

Maximo se levantó entonces para dirigirse a la cómoda y ella aprovechó para admirar sus firmes nalgas, excitada a pesar de haber tenido un orgasmo unos segundos antes.

–¿Qué haces? –le preguntó, al ver que encendía unas velas.

–Preparando el ambiente –bromeó él.

–No hay tiempo para eso, te necesito.

En un segundo, Maximo estaba a su lado otra vez, abriendo sus piernas con una rodilla. Alison se apretó contra él, notando el roce del suave vello de su torso. Le encantaba estar desnuda con él, era la sensación más asombrosa del mundo. Se sentía fuera de control y, sin embargo, a salvo.

Él rozó los pliegues femeninos con su miembro. Estaba tan húmeda, tan preparada que no sintió el menor dolor cuando por fin la penetró. Alison abrió los ojos para mirarlo y lo vio tenso, los tendones del cuello marcados mientras se enterraba en ella. Tal invasión resultaba un poco rara, pero en absoluto dolorosa.

Maximo se apartó y volvió a empujar de nuevo, dejando que se acostumbrase, y cuando la penetró por tercera vez la sensación de incomodidad había desaparecido. Alison suspiró de placer, la dulce sensación del inminente orgasmo naciendo en su pelvis de nuevo.

—Oh, Max...

Él enterró la cara en su cuello, moviéndose con fuerza adelante y atrás. Era maravilloso. Se decían cosas al oído, haciéndole saber al otro cuánto disfrutaban, y cuando sintió que estaba a punto de caer al precipicio de nuevo se lanzó de cabeza.

Si el primer orgasmo había sido un alivio, aquél fue una explosión de sentimientos. No pudo evitar el grito ronco que escapó de su garganta mientras él empujaba con fuerza por última vez, abrazándola hasta que el ritmo de sus corazones volvió a ser normal.

—Yo no sabía... —empezó a decir Alison—. No sabía que perder el control pudiera dar una sensación de poder.

–¿Ah, sí?

–No sabía que pudiera ser así.

–¿Ha sido tu primer orgasmo? –le preguntó Maximo, sorprendido.

–Sí... mi primer todo.

Él se quedó asombrado. Era muy estrecha, tanto que había tenido que hacer un esfuerzo sobrehumano para no terminar enseguida. Pero estaba demasiado perdido en su propio placer como para cuestionar algo así.

–¿Y por qué, Alison? Eres una mujer guapísima, sensual. No entiendo por qué no habías hecho el amor con otro hombre.

–Nunca he querido darle a nadie el poder de hacerme daño, así que he evitado las relaciones sentimentales y el sexo.

–¿Y por qué has cambiado de opinión?

Ella se dio la vuelta para mirarlo a los ojos.

–Tú eres el primer hombre con el que he querido hacerlo. Antes... me daba pánico estar desnuda con un hombre, no sólo físicamente, sino en todos los sentidos. Pero confío en ti, Max, sé que tú no vas a hacerme daño.

Maximo sintió como si una garra de acero apretase su corazón. Alison era virgen. Y confiaba en él cuando no había confiado en ningún otro hombre. ¿Pero qué podía ofrecerle más que una relación fría, sin sentimientos? Alison merecía algo más que eso, pero sencillamente no podía dárselo.

–No puedo darte amor. No puedo prometerte lo que un hombre debería prometerle a una mujer después de la primera vez.

–No necesito promesas. Además, ya estamos prometidos y lo que hay entre nosotros es mejor que el amor –dijo ella–. Somos sinceros el uno con el otro, tenemos un lazo en común.

Tenía razón, el amor no garantizaba nada. Sólo esperaba que no cambiase de opinión. Las vírgenes tendían a tomarse el sexo muy en serio, por eso él siempre las había evitado.

Cuando Alison pasó un muslo sobre el suyo y lo rozó con su húmedo sexo, volvió a excitarse de nuevo. La deseaba otra vez, tanto que todo su cuerpo estaba en tensión.

–Ten cuidado.

–¿Por qué? –preguntó ella, con una sonrisa en los labios.

–Porque eres nueva en esto y no quiero hacerte daño.

–No me has hecho daño la primera vez.

–Pero no puedo prometer que vaya a comportarme. Ha pasado mucho tiempo para mí.

–¿Ah, sí?

–No había estado con una mujer desde que Selena murió.

Alison asintió con la cabeza.

–¿Y te remuerde la conciencia haberte acostado conmigo?

–No, no es eso. Sencillamente, no he querido estar con ninguna otra mujer. He salido con algunas, pero nada importante. Estuve casado durante siete años y sigo deseando la estabilidad que ofrece el matrimonio, pero no quería casarme otra vez. Es una contradicción, pero así es.

–¿Por qué no querías volver a casarte?

–Porque, al final, mi matrimonio fue un desastre –le confesó Maximo entonces–. Selena y yo ni siquiera compartíamos cama. No podía llegar a ella y dejé de intentarlo. Y luego murió en un accidente de coche mientras yo estaba fuera del país en viaje de trabajo... no estuve a su lado para protegerla. Mi obligación era protegerla y no lo hice.

–Max... –Alison enterró la cara en su cuello–. No podrías haberla protegido de eso.

–Debería haber estado a su lado. Debería haberme esforzado más por hacerla feliz.

–Si ella no hablaba contigo, si no te contaba sus problemas, ¿qué podías hacer tú?

–Ella era frágil y la vida la obligó a soportar cosas que no todo el mundo habría soportado. Y yo tenía un deber hacia mi mujer que no supe cumplir.

La expresión de Alison se volvió fiera.

–Nosotros tenemos un deber el uno hacia el otro y te prometo que nunca te dejaré fuera, que siempre te contaré mis problemas.

El sentimiento que nació en su pecho cuando le hizo tal promesa era demasiado intenso. Pero no debería importarle tanto. Estaba con Alison por su hijo, nada más. Las emociones no deberían formar parte de aquella relación.

Pero esa simple promesa seguía repitiéndose en su cabeza mientras le hacía el amor de nuevo. Y cuando gritó su nombre durante el orgasmo, experimentó algo que no había creído volver a experimentar jamás.

Capítulo 10

EL EMBARAZO se empieza a notar —Maximo abrazó a Alison por detrás mientras ella se miraba al espejo.

—¡Justo lo que una mujer quiere escuchar!

—Es muy sexy —riendo, Max besó su cuello—. Tienes que saber lo sexy que eres.

Lo sabía. Él se lo demostraba cada noche y había sido una revelación. Había descubierto una parte de sí misma que no conocía, una parte que llevaba demasiado tiempo intentando esconder. Pero podía hacerlo, podía entregarse a él en la cama y cuando salían de ella era la misma de siempre. No iba a enamorarse de Maximo.

—El sentimiento es mutuo. Y pienso obligarte a cumplir tus votos.

—Lo haré, Alison.

—Millones de personas hacen votos matrimoniales todos los días, pero eso no garantiza que los cumplan.

Él asintió con la cabeza.

—Tal vez, si Selena hubiese hablado conmigo, no nos habríamos alejado el uno del otro. Aunque, al final, salvar nuestro matrimonio no habría cambiado nada.

–No habrías podido salvarla aunque hubieses querido, Max. Fue un accidente.

–Pero ella dependía de mí, debería haberlo intentando...

–Y lo intentaste, seguro.

–No, me sentía frustrado y trabajaba muchas horas. La dejaba sola durante mucho tiempo.

–Eres una buena persona, Max –intentó consolarlo Alison–. Y vas a ser un buen marido y un padre maravilloso. En mi trabajo he visto más matrimonios destrozados de los que quiero recordar, pero nosotros vamos a casarnos por una razón importante.

–El niño –Maximo puso una mano en su vientre.

–Siempre tendremos en común a nuestro hijo.

–¿Y eso es suficiente para ti?

–Tiene que serlo, ¿no?

Él asintió con la cabeza.

–Sí, claro.

–Entonces ya está. Esto va a funcionar por nosotros y por nuestro hijo. Vamos a ser una familia, eso es lo único que importa. Cuando haga mis votos, los haré de corazón.

Maximo intentó ignorar la vocecita que lo regañaba por permitir que aquella mujer se conformase con mucho menos de lo que merecía.

Pero cuando Alison le echó los brazos al cuello pensó que tal vez era suficiente. Él haría todo lo que estuviera en su mano para que lo fuera.

–¿Alison? –la llamó Maximo unas horas después.

–¿Sí? –murmuró ella, medio dormida.

–Quiero enseñarte una cosa.

–Bueno, supongo que tarde o temprano tendremos que levantarnos de la cama.

–Sí, yo creo que sería aconsejable –bromeó él.

Habían pasado gran parte de la mañana en la cama y Alison se sentía contenta, pero no saciada. Nunca se saciaría de él.

–Muy bien, pero tienes que darme de comer. Estoy hambrienta.

Después de vestirse, salieron al jardín y Maximo la llevó hasta una casita blanca sobre un promontorio desde el que podía verse la playa. Evidentemente, había sido construida años antes que la casa porque las parras y la madreselva crecían por todas partes.

–Es un sitio precioso.

–Es una de las razones por las que elegí esta isla –le contó Maximo–. La luz natural del interior es asombrosa –dijo luego, sacando una llave del bolsillo del pantalón.

Alison se quedó sorprendida al ver el interior, espacioso y lleno de luz.

–Hay un dormitorio y un cuarto de baño... y aquí están el salón y la cocina.

Había pocos muebles, pero muchos cuadros en las paredes.

–No me digas que tú has pintado estos cuadros –murmuró Alison. Pero no tenía que decírselo, era evidente. Podía verlo en cada pincelada, tan controlada, tan cuidadosa. Maximo capturaba la esencia de lo que pintaba, la vida del paisaje.

—Sí, son míos.

—¿Y alguien lo sabe?

—No, es algo que me gusta desde hace años, pero nunca le he dedicado mucho tiempo.

—Pero eso es un crimen, son preciosos —Alison señaló un cuadro de la playa vista desde la ventana. El agua parecía estar viva, moviéndose.

—Invierto en arte, pero no invertiría en mí como artista —bromeó él–. Son la clase de cuadros que cuelgan en la consulta de un médico, por ejemplo.

—No, eso no es verdad. Son asombrosos. ¿Sólo pintas paisajes?

—Por el momento, sí. Como te he dicho, no tengo mucho tiempo para dedicarme a ello.

—¿Selena nunca los vio? —le preguntó Alison entonces.

—No.

Sólo eso, «no». Ninguna explicación. Y no necesitaba una. Selena no había amado al hombre que tenía a su lado. Podría haber amado la idea que tenía de él, el príncipe poderoso y atractivo, pero no había amado a Maximo de verdad porque no lo conocía.

—Entonces, es un honor que me los hayas enseñado.

Él se volvió entonces para mirarla.

—Me gustaría pintarte a ti.

—¿A mí?

—Nunca he hecho un retrato, pero me gustaría pintarte a ti.

Aquello era más íntimo que hacer el amor, pensó Alison. Estaba compartiendo con ella algo que no había compartido con nadie más, ni siquiera con su esposa.

—Eso me gustaría mucho.

Maximo levantó su barbilla con un dedo.

—Me gustaría pintarte de cuerpo entero.

—¿Desnuda? —exclamó ella.

—Me gustaría mucho, pero si vas a sentirte incómoda...

Alison se mordió los labios, insegura.

—No sé...

—¿Te he hecho daño alguna vez? —le preguntó Max entonces—. ¿Te he faltado al respeto?

—No, claro que no.

—Y no lo haría nunca.

Alison pensó entonces que él estaría tan desnudo como ella. Porque aquélla era una parte de sí mismo que nunca había compartido con nadie.

—Confío en ti —le dijo, desabrochando el primer botón de su blusa. Luego desabrochó un segundo y un tercero y se quitó toda la ropa hasta quedar desnuda frente a él.

Pero, de repente, se puso nerviosa y tuvo que luchar contra el deseo de cubrirse con las manos. Haciendo el amor era diferente, entonces Maximo estaba ocupado besándola y acariciándola, no mirándola. Pero ahora se daba cuenta de que su estómago ya no era plano, que sus pechos se habían vuelto más voluptuosos, como sus caderas.

—No me siento muy guapa...

—No digas eso —la interrumpió él—. Estás más bella que nunca. Y no te compares con otras mujeres, eres mi mujer y yo te encuentro increíblemente bella.

Maximo apenas podía contener su deseo. Resultaba tan encantadora, tan vulnerable a la luz del sol, cuando normalmente parecía una mujer fuerte, segura de sí misma e independiente. El artista que había en él anhelaba pintarla, el hombre sencillamente quería hacerle el amor hasta que ninguno de los dos pudiera moverse.

Pero se contentaría con tomar lápiz y papel.

–Siéntate en el sofá.

Alison lo hizo, poniendo un brazo sobre su cabeza en una postura que le pareció artística.

Le gustaría capturarlo todo, pensaba Maximo; cada curva, cada línea. El brillo de sus labios, los orgullosos pezones, la perfecta V entre sus muslos... pero, sobre todo, le gustaría capturar el fuego derretido de sus ojos.

Alison, tensa al principio, empezó a relajarse poco a poco mientras las manos de Maximo se movían rápidamente sobre el papel, dibujando sus curvas, dando sombras a su cuerpo. Se movía como si supiera qué parte de su cuerpo estaba pintando... como si lo supiera y deseara sus caricias. Y, sin darse cuenta, empezó a excitarse.

Maximo dibujó su cintura, la curva de su estómago bajo la que reposaba su hijo. Y cuando siguió hacia abajo, Alison contuvo el aliento.

–Max...

Era una súplica y una que no tendría que hacer dos veces.

Maximo dejó el cuaderno sobre una mesa y se reunió con ella en el sofá. Alison parecía tener prisa y, con manos temblorosas, empezó a desabrochar los botones de su camisa...

–¿Qué me haces? –murmuró, moviendo las manos sobre sus curvas, trazándolas como lo había hecho con el lápiz.

–Espero que lo mismo que tú a mí –musitó ella, besando la columna de su cuello.

Maximo se bajó el pantalón junto con el calzoncillo, incapaz de esperar más.

–Creo que esto va a ser muy rápido.

–Mejor, me parece que no podría ir despacio.

–Yo tampoco...

Cuando se enterró en ella, tuvo que apretar los dientes para no explotar de inmediato. Nunca se había sentido así, tan desesperado por hacer suya a una mujer, por perderse en su cuerpo. Antes de Alison llevaba años sin estar con una mujer, pero aquello era más que una larga abstinencia. Aquello parecía tener vida propia.

Se movía de manera incontrolable, empujando adelante y atrás mientras ella levantaba las rodillas para ponérselo más fácil, el único sonido el de sus jadeos y el golpeteo de sus cuerpos. No había nada tierno en aquel encuentro que era fuego, pasión y tortura. Alison gritó su nombre y él la siguió, empujando por última vez antes de derramarse en ella.

Alison besó su cuello, con una sonrisa en los labios.

–Eres asombroso, ¿sabes?

Maximo no sabía qué había hecho para ganarse su admiración y tampoco si podría hacer realidad las esperanzas que veía en sus ojos.

Se quedaron en silencio durante largo rato, acariciándose. Cuando Alison suspiró, pensó que le gustaría entender el significado de ese suspiro y, de repente, se dio cuenta de que quería saber mucho más. Quería saberlo todo sobre ella. No recordaba haber sentido nunca esa necesidad.

–Háblame de tu hermana –le dijo.

–Era mi mejor amiga –Alison apretó la cara contra su torso–. Nunca dejó que su enfermedad la afectase y sonreía siempre, incluso cuando estaba muy enferma. Kimberly era lo que unía a mi familia y, cuando murió, todo se derrumbó a mi alrededor...

–¿Cuántos años tenías entonces?

–Doce.

–Tus padres no tenían derecho a derrumbarse, tú los necesitabas.

–Ya lo sé, pero mi padre se marchó. No podía entrar en casa y mirarnos sin recordar a Kimberly. Así que nos dejó.

–¿Y tu madre tampoco cuidó de ti?

Alison negó con la cabeza.

–Ella dependía de mi padre para todo y sin él se sentía como un barco sin rumbo. Uno no puede depender de alguien totalmente... bueno, imagino que ya lo sabes.

–Sí, lo sé. Yo no dependía de Selena, ella dependía de mí –dijo Maximo–. Pero no estuve a su lado y por eso los últimos meses de su vida fueron tan infelices.

—Si tú hubieras podido hacer algo por ella, también yo podría haber hecho algo por mis padres.

—¿Qué podías hacer tú? Eras una cría —Max sacudió la cabeza—. Pero vamos a dejarlo, no quiero hablar de ello.

Cuando Alison pasó las manos por sus abdominales se excitó de nuevo. Pero no afectaba sólo a su cuerpo, afectaba a todo su ser. Su corazón se llenaba de un sentimiento nuevo cuando lo tocaba... era demasiado y no debía ser así.

Pensó entonces en lo que había dicho su padre sobre la prueba de paternidad. La propia Alison había sugerido que, si se habían confundido con la muestra, también era posible que hubieran cometido un error con la identidad y que él no fuese el padre.

Si eso fuera verdad, Alison podría volver a su casa. No tendrían que casarse.

Había pensado que eso lo liberaría, que escapar del matrimonio podría hacer que esa extraña angustia disminuyera. Pero la idea de perder a Alison hacía que algo se encogiera dentro de su pecho...

—Deberíamos hacer la prueba de paternidad —dijo entonces—. Por si acaso. Como tú misma dijiste, si cometieron un error en el laboratorio, podrían haber cometido dos.

Ella lo miró, sorprendida.

—Si tú crees que es necesario...

—Sería lo más responsable.

–¿Hay alguna manera de hacer la prueba sin poner en peligro la vida del niño?

–Lo averiguaré.

–Muy bien –Alison no se apartó físicamente, pero Maximo sintió que se alejaba de él.

–Volveremos a Turan mañana. Tengo que solucionar un problema en uno de los casinos.

–Muy bien –asintió ella. La nota de tristeza en su voz lo golpeó como un puñetazo. Le había hecho daño...

–¿Estás decepcionada?

–No, no. Han sido unos días maravillosos, pero era como una fantasía, ¿no? Mañana volvemos a la realidad

–¿Prefieres la fantasía?

–Era una fantasía maravillosa.

Maximo miró su estudio, el sitio que nunca le había enseñado a nadie.

–Sí, lo era.

La apretada agenda de Maximo lo obligaba a estar fuera del palacio durante el día y, a pesar de que Alison se mantenía ocupada intentando establecer la fundación contra la fibrosis quística en Turan, lo echaba mucho de menos.

Isabella era una presencia alegre, pero estaba ocupada estudiando y en su tiempo libre sus padres prácticamente la tenían encerrada bajo llave después de su fallida escapada.

Pero aunque Maximo estaba fuera durante el

día, las noches eran de los dos. Al menos, esa parte de la fantasía no había terminado. Mantenían habitaciones separadas, pero dormían juntos. Después de la boda llevaría todas sus cosas al dormitorio principal, pero hasta entonces tener otra habitación le daba cierta sensación de independencia. Maximo se estaba metiendo en su piel y, si no tenía cuidado, también se metería en su corazón.

Suspirando, Alison miró la hora en su móvil. La doctora personal de Max, la doctora sexy, llegaría en un momento. Iba a extraerle sangre para la prueba de paternidad... y Max no estaba allí.

Cuando le dijo que quería una prueba de paternidad sintió que su corazón se hacía pedazos. Se le había olvidado que no tenían una relación de verdad, que su hijo había sido concebido en un laboratorio. Pero que pidiese la prueba de paternidad había hecho que pusiera los pies en la tierra.

Y lo peor era que no sabía qué resultado esperaba Max.

La doctora tardó apenas unos minutos en hacerle la extracción.

—Ya está –anunció, frotando su brazo con un algodón–. También tenemos la muestra genética de saliva del príncipe, de modo que no necesitamos nada más. Si no hay suficiente ADN fetal en su sangre, no obtendremos resultados. Pero si la hay, el resultado es tan preciso como el de una amniocentesis.

Ella asintió con la cabeza, un poco angustiada.

—Gracias.

—Buena suerte —dijo la doctora antes de marcharse.

Cuando se quedó sola, Alison se dejó caer en el sofá, intentando contener las lágrimas que habían asomado a sus ojos de repente. Habría querido que Maximo estuviera a su lado en ese momento, lo necesitaba a pesar de haberse jurado a sí misma que no lo necesitaría nunca.

Enterrando la cara entre las manos, apoyó los codos en la mesa y empezó a sollozar. Si no hubiera descubierto el error del laboratorio, habría tenido sola a su hijo como quería. Pero no, había tenido que conocer a Maximo. Y después de pedirle una prueba de paternidad, ni siquiera estaba a su lado cuando tenían que extraerle sangre...

Alison levantó la cabeza al escuchar un ruido y su pulso se aceleró al ver a Max. Incluso estando enfadada ejercía ese efecto en ella.

—La doctora ya se ha ido —le dijo.

—Siento mucho no haber llegado a tiempo. ¿Qué ha pasado?

—Nada. Tendremos los resultados en veinticuatro horas.

—¿Entonces por qué lloras?

—Porque me habría gustado que estuvieras aquí.

—¿Por qué? ¿Te ha hecho daño?

—No, no... pero me habría gustado que estuvieras conmigo.

Maximo dejó su ordenador portátil sobre la mesa.

–Te dije que mi trabajo me mantenía ocupado. No tengo menos responsabilidades por ser un príncipe, tengo más...

–Sólo quería que estuvieras a mi lado cuando me extrajeran sangre para la prueba de paternidad... que tú has pedido, por cierto. No creo que sea tan raro.

–Mira, no tengo ganas de discutir –replicó él. Sus palabras, secas, quedaron colgadas en el aire hasta que Alison se levantó para salir de la habitación, su corazón partiéndose en pedazos.

Durante aquellas seis semanas había hecho lo que había jurado no hacer nunca: necesitar a alguien.

Y algo aún peor, se había enamorado de Maximo.

Capítulo 11

ALISON agradeció la oportunidad de salir de palacio esa tarde. La reunión con las personas con las que estaba organizando la fundación había ido bien y, además, había sido una distracción. Estaba angustiada por el resultado de la prueba y por la soledad de vivir rodeada de gente que no le dirigía la palabra. Pero, sobre todo, necesitaba olvidarse de aquella revelación.

Ella no amaba a Maximo, no podía ser. Tenía que guardar su amor para su hijo. No quería ser como sus padres, no quería convertirse en una persona amargada como su madre. ¿Cómo había dejado que Maximo se convirtiera en alguien tan importante para ella?

Alison suspiró. No quería hacer la lista de virtudes de Maximo porque tenía demasiadas. Incluso ahora, enfadada con él, lo deseaba, no podía negarlo.

–Perdone, señorita.

Ella se volvió, sorprendida, y el fogonazo de un flash la obligó a cerrar los ojos. Nerviosa, bajó la cabeza y siguió caminando a toda velocidad. No iba a dejarse intimidar por un paparazzi y tampoco iba a detenerse para contestar preguntas.

—Señorita Whitman, ¿es cierto que han tenido que hacer una prueba de paternidad? —le preguntó una segunda voz, esta vez la de una mujer.

El corazón de Alison dio un vuelco. Sabían lo de la prueba... ¿cómo era posible? La doctora de Maximo no podía haberlo contado, era un puesto de total confianza. Alguien del laboratorio, pensó entonces. Pero fuera como fuera, la noticia había saltado y tenía que lidiar con ella de la mejor manera posible.

—¿El hijo que espera es hijo del príncipe?

—¿Quién es el padre?

—¿Cuántos hombres se han hecho la prueba?

Alison tuvo que morderse la lengua para contener la réplica que merecía esa pregunta. Pero cada vez había más fotógrafos y, de repente, estaba rodeada de cámaras y micrófonos.

Uno de los hombres la empujó sin querer y Alison cayó al suelo, pero eso no pareció preocupar a los paparazzi, que seguían haciendo fotografías y preguntas que parecían acusaciones.

—¿Alison?

Maximo. Era la voz de Maximo.

Alguien apartó a uno de los reporteros de un empujón y, de repente, Max tomó su mano para levantarla del suelo. Y cuando uno de los hombres intentó sujetarla del brazo, Maximo agarró la cámara y la estrelló contra el suelo.

—¡No toque a mi mujer! —le gritó, encolerizado.

El fotógrafo dio un paso atrás, como hicieron todos los demás–. Sube al coche, Alison –dijo luego, abriendo la puerta de un deportivo negro.

No dijo una palabra más mientras volvían al palacio. Iba muy recto en el asiento, las dos manos sobre el volante, la mandíbula tensa. Y ella no tenía intención de romper el silencio.

En cuanto llegaron al palacio subieron a su dormitorio y Maximo cerró la puerta, enfadado.

–¿Cómo se te ha ocurrido salir sola, sin guardaespaldas? Tuve que enterarme llamando a tu conductor, él me dijo que te habías marchado. Ha sido muy irresponsable por tu parte...

–¿Irresponsable? –lo interrumpió ella–. Sólo intentaba mantenerme ocupada, hacer algo. No pienso quedarme sentada hasta que tú me necesites, como si fuera un accesorio.

–Yo nunca he dicho que esperase eso de ti, pero sí espero que muestres cierto sentido común. ¿Tienes idea de lo que podría haberte pasado?

Maximo respiró profundamente. La rabia y el miedo se mezclaban en aquella descarga de adrenalina. Alison lo afectaba demasiado. Cuando la vio en el suelo, con esa manada de lobos rodeándola, había tenido que hacer un esfuerzo sobrehumano para no golpear al periodista que intentaba tocarla. Al ver a los paparazzi rodeándola había imaginado lo que sería perderla, perder a su hijo. Y fue como si el mundo se hundiera bajo sus pies. Alison empezaba a importarle demasiado y no quería que fuera así.

Le había parecido sencillo mantenerse a distancia a pesar del matrimonio. Había creído que podía exorcizar esa pasión haciendo el amor con ella y, sin embargo, esa pasión crecía cada día.

Había amado a Selena, pero había controlado ese amor. Lo que sentía por Alison era algo que no era capaz de controlar.

–¡No iba a pasarme nada! –exclamó ella.

–Te han tirado al suelo...

–Ha sido un accidente.

–No, yo no lo creo. Los reporteros se dedican a rebuscar en la basura para crear un escándalo –dijo Maximo–. La noche que Selena murió estaban siguiéndola y después del accidente hicieron fotografías... querían saber si había bebido, si había tomado drogas. Querían un escándalo.

Alison se puso pálida.

–No lo sabía. No salió en los periódicos y yo...

–Yo les pagué para que nos dejasen en paz –la interrumpió él–. Les pagué porque temía que publicasen las fotos, así que compré los negativos y los destruí.

Los ojos de Alison se llenaron de lágrimas y, al verlo, el corazón de Maximo se hinchó con una emoción a la que no quería poner nombre.

–Lo siento mucho.

Maximo tomó su cara entre las manos y la besó tiernamente. Quería marcharse para ordenar sus pensamientos y recuperar el control, pero no podía dejarla así.

Con el corazón acelerado, empezó a desabrochar su blusa, el deseo que sentía por ella como un incendio. Pero era algo más que eso, más que un deseo físico. Nunca había sentido algo parecido por una mujer, ni siquiera por Selena. Se sentía incompleto a menos que estuviera tocándola, besándola, acariciando su hermoso cuerpo.

En ese momento, cuando pensó que le habían hecho daño e imaginó que la perdía, se volvió loco. Había sido como mirar un pozo sin fondo, como si su vida ya no tuviera sentido. Y no podía permitir que eso ocurriera, pero tampoco podía dejar de besarla.

Furioso consigo mismo, la aplastó contra su pecho, buscando sus labios en un beso casi violento, un beso hecho para castigarla por lo que lo hacía sentir. Cuando ella abrió los suyos, su respiración era agitada, sus pezones marcándose bajo la tela del vestido. También lo deseaba, a pesar de todo. Pero no era amor, era sexo. Deseaba a Alison porque llevaba mucho tiempo sin una mujer y él era un hombre de sangre caliente. No, no era amor.

–¿Max? –murmuró, trémula, cuando le dio la vuelta para apoyarla en la pared.

–Confía en mí –dijo él, levantando su falda para bajarle las braguitas. Cuando introdujo un dedo entre sus pliegues y encontró el capullo escondido, ella echó la cabeza hacia atrás.

El dulce aroma de su perfume lo asaltó mientras besaba su cuello y, con manos temblorosas, buscó la cremallera de su pantalón para liberarse. Alison gemía, arqueando su cuerpo, apretando sus nalgas contra él.

Maximo perdió el control, el sentido del tiempo. Había querido que aquello fuese impersonal para no mirarla a los ojos, pero... su olor, el roce de su piel que conocía tan bien, sus suaves gemidos.

Era Alison y no podía negarlo.

Alison, su mujer, la madre de su hijo. No había forma de negarlo y ya no quería hacerlo.

De repente, necesitaba ver su cara mientras la llevaba al orgasmo, necesitaba apretarla contra su corazón...

–Alison, cariño... –suspiró, tirando de ella para llevarla a la cama.

–Max...

La penetró lentamente, todo su cuerpo temblando por el esfuerzo de mantener el control, pero ella le echó los brazos al cuello, suspirando de placer, y esos suspiros lo gratificaban de una forma que iba más allá de lo físico. Y fue su nombre lo que salió de sus labios mientras se derramaba en ella, marcándola y marcándose a sí mismo para siempre.

Emocionado como no lo había estado nunca, la miró a los ojos y el brillo de abandono, de felicidad, que vio en ellos lo afectó demasiado.

Asustado, se dio la vuelta para apartarse de esos sentimientos, pero Alison giró su cabeza para mirarlo a los ojos... y se quedó sin aliento. Tenía las mejillas rojas, los labios hinchados... nunca le había parecido más bonita, más embrujadora. Y tuvo que apretar los dientes para contener la emoción que amenazaba con desbordarlo.

–Tengo que trabajar –dijo, levantándose. Quería quedarse allí, con ella, pero no podía hacerlo. No podía permitirse ser tan débil–. Trabajaré hasta muy tarde esta noche, así que tal vez deberías dormir en tu habitación.

La expresión dolida de esos ojos dorados le rompió el corazón.

–Muy bien, como quieras.

En ese momento sonó su móvil y Alison lo sacó del bolso.

–Es el laboratorio –murmuró, mirando la pantalla–. ¿Dígame? Muy bien, gracias.

–¿Qué han dicho? –le preguntó Maximo.

–Enhorabuena, vas a ser padre. Están seguros al noventa y nueve coma nueve por ciento.

Alison miraba a Maximo, esperando alguna reacción, algo que le dijera que no lo había perdido del todo. Sabía que estaba intentando apartarse de ella, pero no entendía por qué.

–Tengo que irme –dijo, sin mirarla.

–Muy bien.

Intentó hacer lo que él había hecho tan fácilmente: bloquear el dolor. Pero era imposible, lo amaba demasiado y estaba perdiéndolo. Tal vez no la dejaría nunca, pero tampoco tendría su corazón.

Cerrando los ojos, intentó contener las lágrimas. Tenía que ser fuerte, por ella y por el niño. No debía dejar que nadie supiera que su corazón estaba roto de forma irrevocable.

El fragante aire acariciaba su piel, el intenso calor del verano calentándola por fuera. Pero por dentro estaba helada.

Había llegado a la isla de Maris veinte minutos antes, esperando encontrar allí consuelo para su dolor. En lugar de eso, estar en el sitio en el que había sido tan feliz, donde había despertado al amor y al deseo, le dejaba un sabor agridulce. Nunca se había sentido más alejada de Maximo.

Él había viajado a menudo durante las últimas semanas y cuando estaba en casa se mostraba distante, como si fuera un extraño. No habían vuelto a hacer el amor desde el día que los paparazzi se lanzaron sobre ella.

Ése fue el día en el que todo cambió, cuando Maximo la dejó fuera por completo. Su peor miedo era que no estuviese relacionado con el incidente, sino con el descubrimiento de que realmente era el padre del niño. Porque tal vez ya no lo quería o tal vez ya no quería estar con ella.

Alison entró de nuevo en la habitación que había compartido con Max. Su corazón estaba rompiéndose con cada latido y tenía que arreglarlo como fuera.

Tal vez lo entendería si hubiesen tenido una pelea. Si le hubiese dicho que ya no la quería a su lado, tal vez su amor por él habría muerto, pero Maximo persistía en su silencio. Se había apartado de ella por completo sin darle una explicación.

Y la mayor ironía era que iban a casarse en dos días. En dos días estarían frente al altar, haciendo los votos matrimoniales, prometiendo amarse, cuidarse y respetarse durante todos los días de su vida.

Y eso no sería fácil cuando apenas se dirigían la palabra.

Pero no estaba sola, pensó, pasando una mano por su estómago. Tenía a su hijo, lo más precioso del mundo. Amaba a Max, tanto que le dolía, pero su niño era parte de los dos.

Oyó pasos en el suelo de mármol travertino y se volvió, esperando que fuese Rosa Maria, el ama de llaves.

Pero era Max. Max, tan impresionante como siempre. Y, sin embargo, notó marcas de fatiga en su expresión.

—¿Qué haces aquí?

Maximo rió, un sonido hueco, sin gota de humor.

—Lo mismo que tú, imagino. Intentando escapar.

—¿De qué necesitabas escapar?

—De lo mismo que tú.

—Por favor, Max, no me apetecen estos juegos.

—¿De nuevo me llamas Max? Me habías rebajado al título más formal de «Maximo».

—¿Ah, sí? No me había dado cuenta.

—Yo sí —dijo él, con voz ronca.

—¿Por qué estás aquí? —repitió Alison.

—Aquí es donde he estado durante casi toda la semana.

—Pensé que estabas trabajando.

—En cierto modo, así era.

Ella suspiró, frustrada.

—No sé qué ha pasado para que todo haya cambiado entre nosotros y tú no me lo dices. Si he hecho algo mal, dímelo. Si has encontrado a otra persona, quiero saberlo. No me dejes fuera, Max.

–Yo no soy un hombre de muchas palabras, soy un hombre de acción –replicó él–. Sé que no siempre digo lo que debería, pero quiero que me entiendas, que entiendas lo que siento –dijo luego, tomando su mano–. Yo nunca jugaría contigo, Alison. Sé que no he llevado bien el asunto, pero hacerte daño es lo último que deseaba.

–Pero me has hecho daño. Prometimos hablar las cosas y no lo hemos hecho. Me has dejado fuera y no tengo ni idea del porqué...

–Lo sé –murmuró Maximo–. Y no sabes cuánto lo siento. Ven conmigo, Alison. Confía en mí.

Ella respiró profundamente mientras la llevaba a su estudio, el sitio donde había dejado atrás las inhibiciones, donde se había desnudado para él en cuerpo y alma. Donde había perdido el corazón.

Volver allí era la peor de las torturas y el más dulce de los recuerdos porque era en aquel estudio donde se había enamorado...

Maximo abrió la puerta y allí, en el centro de la habitación, iluminada por el sol que entraba por las ventanas, estaba ella. Pero no era ella. La mujer dibujada en la tela era preciosa, radiante de juventud y alegría, como si acabara de hacer el amor. Su pelo era una mezcla de tonos dorados y rojos, su piel como un pálido melocotón, los pezones rosados. Y sonreía como si ocultara un secreto... un secreto entre su amante y ella porque no había la menor duda de que era una mujer que se sentía amada.

Mientras miraba el cuadro, el corazón de Alison se encogió. Eran sus facciones, pero había algo más, algo que no veía cuando se miraba al espejo. Algo que Maximo veía en ella. Más que un retrato era una revelación, una declaración de amor.

—Esto es lo que he estado haciendo. No podía trabajar, no podía dejar de pensar en ti —Maximo tomó su cara entre las manos para buscar sus labios.

—Max...

—No, deja que lo diga. Tenía miedo, Alison. Me daba miedo lo importante que eras para mí. Ese día, el día que te encontré con los periodistas, tuve que enfrentarme al pánico de perderte y me di cuenta de que no podría vivir sin ti. Pero no quería que tuvieras ese poder sobre mí, no quería amarte —Maximo esbozó una triste sonrisa—. Intenté dejarte fuera para demostrarte, y a mí mismo, que no te necesitaba. Pero estaba equivocado.

La besó entonces y ella abrió los labios, cerrando los ojos mientras su corazón se llenaba de nuevo al besar al hombre del que estaba enamorada.

Max apoyó la frente en la suya.

—Tengo más cosas que decirte, pero no sé si sabré hacerlo.

—No tienes que decir nada.

—Quiero demostrarte lo que siento por ti —dijo él, besando su cuello, su frente—. ¿Puedo hacerlo?

—Sí —murmuró ella, riendo y llorando a la vez.

Maximo levantó su camisa y dejó escapar un gemido al ver que no llevaba sujetador.

–Cariño... –murmuró, acariciando sus pechos con reverencia.

Alison puso las manos sobre su torso, acariciando su piel como si fuera la primera vez. Cuando le quitó la camisa y vio la línea de vello que se perdía bajo el elástico del pantalón tuvo que tragar saliva. Sabía dónde llevaba y, sin embargo, la curiosidad y la emoción que sentía le parecían nuevas.

–Eres tan sexy –murmuró.

–Alison, mi amor, no sabes lo que siento por ti –dijo él, tumbándola en el sofá–. No había sentido nada así en toda mi vida.

La besaba profunda, apasionadamente, como si intentase devorarla. Cuando estuvieron desnudos no hubo más secretos entre ellos, ninguna manera de esconderse de sus inseguridades, ni del bulto en su vientre donde se alojaba su hijo, ni de la sensación de puro y dulce amor.

Se amaron como nunca, sus respiraciones sincronizadas, sus murmullos ininteligibles.

Alison lo miró a los ojos, sintiendo que las lágrimas empezaban a rodar por su rostro al ver la emoción en los de Maximo. Una emoción que también él podría ver en los suyos. Cayeron juntos al precipicio, abrazándose, Max diciéndole cosas al oído...

–Te amo –murmuró.

–Max... –la voz de Alison estaba preñada de emoción, su corazón tan lleno que pensó que no podría guardar todo lo que él la hacía sentir.

–Te quiero –dijo Maximo–. Podría habértelo dicho antes, pero quería demostrártelo. Quería demostrarte mi deseo, mi desesperación. Las palabras son sólo eso, palabras. Tu amor por nuestro hijo, tu decisión, tu valentía... todo eso ha hecho que te ame hasta el punto de no poder pensar en nada más. No quería amar tanto a una mujer, con tal pasión, pero es inevitable.

–Pensé que ya no querías el niño –le confesó Alison–. O a mí. Pensé que ya no querías atarte a mí. Al fin y al cabo, tú no elegiste esto y...

–No, yo no te elegí, es verdad. El destino te eligió por mí y no podría estarle más agradecido.

–¿Quién ha dicho que no podías explicar tus sentimientos con palabras? –bromeó ella.

Maximo inclinó la cabeza para besarla de nuevo y Alison suspiró, más feliz que nunca.

–Se me da mucho mejor otra forma de comunicación.

–Demuéstramelo.

–Será un placer –dijo él–. Y estaré encantado de hacerlo durante el resto de mi vida.

Epílogo

LA PRINCESA Eliana llegó al mundo con el pelo rubio de su madre y los pulmones de su padre. Al menos, eso fue lo que dijo Alison.

—Es preciosa, igual que su mamá –murmuró él, inclinándose para besar a las dos mujeres de su vida.

Sólo llevaba un par de horas siendo padre, pero habían sido las horas más fabulosas de su vida. Su amor por Alison había aumentado durante los últimos meses y verla ahora sujetando a Eliana, a su hija, hacía que se sintiera a punto de explotar de felicidad.

—Tiene hambre –murmuró Alison, apartando la bata del hospital para ayudar a su hija a agarrarse al pecho.

Maximo no había visto nunca nada tan maravilloso.

—Quiero que tengamos muchos hijos –anunció, fascinado por el milagro que estaba presenciando.

Ella lo fulminó con la mirada.

—Espera hasta que me recupere un poco para decir eso.

–Tienes razón –asintió él–. Perdona, cariño.

–Algún día será la reina de Turan –murmuró Alison, mirando a su hija.

–Sí, pero por el momento es nuestra hija y haremos lo posible para que siga siendo una niña durante mucho tiempo –dijo Maximo, mirando el bultito rosa entre sus brazos–. No tengo prisa porque crezca.

–¿Sabes una cosa, príncipe Maximo d'Angelo Rossi? –los ojos dorados de Alison brillaban llenos de amor–. Creo que te quiero mucho más que ayer.

Él se inclinó para besarla de nuevo.

–A mí me pasa lo mismo. Y creo que mañana te querré aún más.

Bianca™

La experiencia le había enseñado que todas las mujeres tenían un precio

La camarera Zara Evans no pertenecía a la alta sociedad. Al menos, hasta que, sin esperarlo, asistió a una fiesta y cautivó al hombre más deseado del lugar: el oligarca ruso Nikolai Komarov, atrayendo toda su atención…

Para Nikolai, había algo en la belleza de Zara que hacía que sobresaliera de las demás. Era la primera vez que conocía a alguien como ella, una joven demasiado orgullosa, independiente y obstinada como para dejarse comprar…

Hielo en el alma

Sharon Kendrick